大活字本シリーズ

好きになった人

梯 久美子

《下》

JN057138

埼玉福祉会

好きになった人

下

装幀　巖谷純介

目次

Ⅱ　ミニチュアの虹——東京を生きる

III　ごんぎつねと「ヘイ　ジュード」——家族アルバム

好きになった人

Ⅱ ミニチュアの虹——東京を生きる

東京タワー

先日、コラムニストのリリー・フランキーさんにインタビューをする機会があった。ある雑誌に連載している記事のためで、上京したころの話を聞くのが目的である。

リリーさんは高校を卒業後、十八歳で美大進学のために九州から東京にやってきた。時代は一九八〇年代の前半だ。私もほぼ同時期に北海道から上京しているので、当時の東京の空気や、一人暮らしをはじめたころの気持ちを思い出して懐かしかった。

リリーさんには、ベストセラーになった『東京タワー』という自伝小説がある。がんで亡くなった母親との物語だが、この愛すべき「オカン」の話もいろいろと聞かせてもらった。

大学生になって間もないころ、息子の世話をするために、お母さんがときどき上京してきた。そんなときリリーさんは、自転車の後ろにお母さんを乗せて大学のキャンパスに連れていったという。友人たちはぎょっとしたらしいが、リリーさんは平気だった。ちょっと恋人みたいな母子だったのだろう。

リリーさんは最近、お母さんのために東京にお墓を建てた。『東京タワー』はお母さんのおかげで書けた小説だから、印税は彼女のために使いたかったのだという。横長の墓石の右端にお母さんの名前を彫り、その隣に、すでに自分の名前を彫ってあるそうだ。

「で、その左側にはね、スペースをいっぱい空けてあるんですよ」

友人・知人で、お墓のない人は誰でも入れるようにと思ってのことだという。そのために大きな墓石にした。

「希望者が多くてもあぶれないように、墓石の裏側にも名前が彫れるようになってます」と言ってリリーさんは笑った。なんて太っ腹で、なんて素敵なアイデアなのだろう。

がんになってリリーさんと東京に住むようになったお母さんのもとには、家族と離れて東京で暮らす人たちがたくさん集まってきて、毎晩のように一緒にご飯を食べた。その家と同じく、お墓も、都会です

こし寂しい思いをしている人たちが集まってこられるようになってい
るのだ。

地方から出てきて東京で暮らしている人は、自分でお墓なんかまず
買えない。でも、いまさら田舎のお墓に入るのは嫌だという人は多い
だろう。私もそうだ。

ずっと独身で自分の家族を作らなかったし、実家の代々の墓は、私
が暮らしたことのない九州の田舎の山奥にある。ひとりぼっちで、ど
このお墓に入ればいいいんだろうか――そう思うことが、ほんのときど
きだけれど、ある。

「あのー、実は私も入るお墓がないんです」

私が言うと、リリーさんは言った。

「どうぞどうぞ、うちのに入ってください」

実際にはありえないとは思うけれど、そう言ってもらうと、思いがけないほど嬉しかった。上京してからずっと、人一倍たくましく元気に生きてきたつもりだったが、都会で一人暮らす心細さが、私の中にもあるのだろう。

他人のなにげない言葉や、偶然出会う景色、あるいは身のまわりにある小さなものたちに助けられて生きているな、と思うことがある。

リリーさんの『東京タワー』では、主人公と「オカン」の山あり谷ありの人生を、東京タワーの灯りが見守っている。高さではスカイツリーに抜かれてしまったけれど、東京タワーはやっぱり東京の象徴だと私は思う。とくに、地方から上京してきた人にとっては。私の話をすれば、大学を出て就職のために上京し、最初に住んだのは、池上線の沿線だった。山手線の五反田駅から南の方に延びている私鉄で、お世辞にもおしゃれな雰囲気とは言えない。もちろん東京タワーは見えない。

入った会社は二年でやめ、大学時代からの友人と小さな編集プロダクションを始めた。雑誌の記事を書いたり単行本の編集をしたりしながら、何度か引っ越しをし、三十代の半ばに埼京線の沿線にマンションを買った。都内の物件は高すぎて手が出ず、荒川を隔てて東京都と隣接する埼玉県の小さな市にあるマンションを三十五年ローンで買ったのだ。

そのマンションのベランダからは富士山が見えた。得をしたような気持ちになったが、それは都心から遠い証拠でもあった。

四十歳になる直前に編集プロダクションを離れ、フリーランスのライターになった。これが私の作品、と言えるものを一作でいいから書きたかった。しばらくして、のちにデビュー作となる題材に出会い、自費で取材をスタートした。

そのころ私は東横線の代官山駅近くに、装幀の仕事をしている女友達と共同で仕事場を借りていた。坂の途中にあるマンションの一室で、見た目はこぎれいだったが実は築四十年近い古さで、前の道をトラックが通るたびにかすかに揺れた。

この仕事場のベランダから、東京タワーが小さく見えた。あまりに小さすぎて昼間はほとんど見えず、本の執筆に入ってたびたび泊まり込むようになって、はじめて気がついた。夜になって灯りがつくと、小さいながらキラキラと輝いてその存在を主張するのだ。私は東京タワーが正面に見えるよう、机の位置を変えた。

本を書き終わるまで、何度もその部屋で徹夜した。疲れてパソコン画面から目を上げると、タワーが光っている。深夜0時にその光が消えると、近くのコンビニに夜食を買いに行った。それを食べてまた書き、埼京線の始発電車で埼玉のマンションに帰る。そんな日が続いた。

明け方、仕事場の近所の公園に散歩に行くこともあった。西郷山公園という大きな公園である。あるとき中高年の男女がわらわらと集まってきて、いったい何がはじまるのかと思ったら、ラジオ体操だった。

公園の隅っこで私も参加し、以来、ときどき体操の時間を見計らって公園に行くようになった。

ちょうどそのころ、仕事場をシェアしていた装幀家は長期の休みを取って海外に出かけており、一日中誰とも口をきかない日が多かった。原稿のことで頭がいっぱいで（書き上がるかどうか心配だったのだ）、誰かに電話しておしゃべりする気にもなれない。ラジオ体操で会う人たちと「おはようございます」と挨拶を交わしたり、会釈をするだけで、少しホッとするような感じがあった。

書いていたのは太平洋戦争に関するドキュメンタリーで、大勢の兵士が戦死した島の話だった。その島に取材に行ったとき、スラックスの裾に小さなイガイガのある草の実がたくさんくっついてきた。内地に帰ってきたくてもかなわなかった兵士たちの身代わりのように思えて捨てられず、パソコン画面の隅にセロハンテープで貼りつけた。執筆は半年以上かかり、挫折しそうになると、その実を眺めた。東京タワーにラジオ体操、それからこの草の実。どれも、あのころの私を助けてくれたものたちだ。

そうやって書きあげたデビュー作が書店に並んだのは二〇〇五年の夏である。私は四十三歳になっていた。同じ年の春に出たリリー・フランキーさんの『東京タワー』は、そのころすでにベストセラーになっていて、どの書店でも店頭の一番目立つ平台に大量に積んであった。自分の本があるかどうかドキドキしながら書店に入ると、いつもまっ先に、あの、まぶしいような白い表紙が目に飛び込んできた。

その本を私が手に取ることはなかった。たくさん売れているというだけで、なんとなく敬遠してしまう心理状態だったのだと思う。いつも、見ないふりをして通り過ぎた。

本が出てしばらくして、仕事場のマンションは引き払った。今回、リリーさんにインタビューすることになって、はじめて『東京タワー』を読んだ。ラスト近くで少し泣いてしまい、そのとき、ずっと忘れていた私の東京タワーを思い出した。シャープペンシルの先くらいの大きさしかなくて、都会の夜の中で、ちらちらとまたたいて見えた(それはあまりにも遠くにあるせいだったけれど)、星の光のような東京タワーを。

小さな訪問者

公園を散歩していたら、芝生に座っていた若いカップルの女の子が「キャッ」と悲鳴をあげた。「やだー、カマキリ！　取って、取って」。男の子に向かって、片方の肩を突き出すようにしている。そっち側の肩の上に、カマキリが乗っているらしかった。

たしかにカマキリは、一瞬人をぎょっとさせる姿をしている。あれがバッタだったら、あの女の子も悲鳴なんかあげないだろうなあと思って通り過ぎながら、二十数年前の夏を思い出した。私もカマキリに悲鳴をあげたことがあるのだ。

就職のために東京に出てきて最初に住んだのはアパートではなく、一見ふつうの庭付き一戸建てに見える家だった。大家さんは一人暮らしの中年女性で、自分は二階に住み、一階を二世帯に分けて貸していた。そのうちの一世帯が、私の住んだ1Kである。木造の一階なので湿気に悩まされたが、小さな庭があるのがうれしかった。お隣と共用の庭で、背の高い生け垣に囲まれ、隅に八重桜の木があった。

夏の日曜、庭に干していた洗濯物を取り込み、ふと振り向くと床の上にカマキリがいた。庭に面した掃き出し窓を開けていたので、そこから入ってきたのだろう。思わず悲鳴が出た。私の育った北海道では、まずカマキリを見ることはない。鎌を振り上げた異様な姿にゾッとした。

このまま室内で見失って夜中に顔の上を通られでもしたらたまらないと思い、箒《ほうき》を出してきて、そーっと庭に掃き出した。引っ越しのとき母が買ってくれた箒である。掃除機があるからいらないと言ったのだが、箒の一本くらい持っていないと、と言って置いていったものだ。親というのも、たまには正しいことを言うものである。

庭に掃き出されたカマキリは、考えごとをしているようにしばらくじっとしていたが、やがて、八重桜の根元のちょっとした草むらにむかって跳んでいった。以来、カマキリにはお目にかかっていない。東京に来てからいまに至るまで、庭のある家に住んだのは、あそこだけだった。

その家の庭からは、ほかにもいろいろなものが入ってきた。やはり洗濯物を取り込んだ後、振り向くと猫が床にちょこんと座っていたこともある。部屋の中を歩き回り、ベッドの足元で香箱座り《こうばこずわ》り（足を全部身体の下にたくし込んだ座り方）になった。

実家では犬を飼っていたが、猫には縁がなかった。野良猫も、冬が寒く雪の多い北海道ではほとんど見ない。おそるおそる頭を撫でると「ニャア」と鳴き、足を崩して横座りになった。

お腹がすいているのかと思いツナ缶を開けてやると、半分くらい食べ、お礼を言うようにまた「ニャア」と言う。可愛さにぐっときたが、飼うわけにはいかない。その部屋は当然ペット禁止で、厳しい大家さんがあらゆることに目を光らせている。

日が暮れてきたので、出ていくように言い聞かせたが、理解している様子はなく、身体を伸ばしてすっかりリラックスしている。仕方なく抱き上げて掃き出し窓のところまで連れていったが、また戻ってきてしまう。しばらく放っておいたら飽きて帰っていくのではないかと思い、食事の支度をはじめた。

猫はときどき部屋の中を歩き回ってはまたベッドの足元に戻ることを繰り返していた。一時間ほど経ったろうか、暗くなってきたので、もういちど抱き上げて窓のところに持っていった。このときはすでに情が移っていたが、心を鬼にして「うちでは飼えないんだよ」と言い聞かせると、今度はおとなしく出ていった。

しばらくして玄関の三和土《たたき》（といっても狭い1Kなので一メートル四方もないくらいだったが）の隅に、粗相の跡を見つけた。二度目に窓のところに連れていったとき、おとなしく出ていったのは、粗相をしてしまったことを後ろめたく思ったからかもしれない。それから七、八年して私は猫を飼うようになるのだが、猫という生き物にはそういうところがある。自分の失敗を恥じたり誤魔化したりするのだ。

あの猫は、粗相を自覚するくらいだから、外ですればいいとわかっていただろう。でもそうしたら、もう家に入れてもらえないと思ったのではないだろうか。それで、いちばん迷惑のかからなさそうな、玄関の三和土の隅でこっそり用を足したのだ。急に可哀想になり、素直に出ていったときのうなだれた姿（と私には見えた）が何度も目に浮かんだ。

最初に一人暮らしをした家の印象は鮮烈で、折にふれてさまざまなことを思い出すが、この猫はいまでも夢に出てくることがある。のちに私が飼った猫は、このときの猫と同じ、野良猫出身のキジトラである。

春の別れ

三月の末、仕事で北海道の富良野に行く機会があり、その前に札幌の実家に立ち寄った。数日間を両親と過ごしたあと、札幌駅から列車に乗った。

途中に岩見沢という駅があり、そこを過ぎてまもなく、列車は川にさしかかった。鉄橋を渡る直前、川岸に立つ河川名の表示板が車窓から見えた。「幾春別川」とある。内地の人にとってはきっと、不思議な感じがする名前だろう。アイヌ語の発音に漢字を当てた、北海道ならではの地名である。

幾春別は「いくしゅんべつ」と読むことを、北海道で育った私は知っているが、表示板に書かれた文字を見た瞬間、思わず心のなかで、幾つもの春の別れ、と読んだ。まさに三月、別れの季節だったからだろう。

卒業、就職、転勤。さびしさはあっても、いつもの春なら、この時期の別れには未来に向かって歩み出す希望がある。けれども今年の春、私たちの暮らすこの国では、あまりにも理不尽で悲しい、そしてあまりにもおびただしい別れがあった。

住んだことがあるわけでもない土地の名に、胸を衝かれる思いがしたのは初めてのことである。列車が鉄橋を渡ってからも、幾春別という文字が、しばらく目の奥に残っていた。

富良野のホテルに着き、ベッドサイドにあるラジオのスイッチを入れた。知らない土地に行ったとき、地元のラジオ番組を聴くのは、出張の多い私の小さな楽しみだ。

取材にでかけるための着替えをしながら聴いていると、一通のメールが読まれた。この春、一人娘が東京の大学に進学するという母親からのものである。ここにも春の別れがあると思い、耳をかたむけた。

初めて大都会で一人暮らしをする十八歳の娘。それでなくてもなにかと心配なのに、震災と原発事故の直後である。水道水は大丈夫なの

か、停電は、野菜の汚染は……など、親としては不安がつきないとい
う。入学式も中止になってしまい、なんて不運な娘なのだろうと自分
まで落ち込んでいたが、本人は意外なほどたくましく、「大丈夫よ」
と、笑顔で東京に発っていったという。気持ちを切り替えて、私も前
向きに娘を応援します、とメールは結ばれていた。
胸を張って羽田行きの飛行機に乗り込む娘さんの姿が見えるようで、
震災以降ずっと沈んでいた気持ちが、ひととき明るくなった。ようこ
そ東京へ。大変な時期だけど、いっしょに頑張りましょう——そう声
をかけたくなった。
二十数年前のこの季節、私も千歳空港から羽田行きの飛行機に乗っ
た。十八歳ではなく、大学を卒業した二十二歳だったけれど。

どうしてあんなに東京に行きたかったのだろう。都会に憧れていると思われるのは嫌だったので、「出版の仕事がしたいから」と周りには言っていたが、やはり東京で暮らしてみたかったのだと思う。

ここではないどこかに、きっと自分が輝ける場所がある。それは田舎ではなくて、キラキラした都会であるはずだ……。いまこうして文字にすると赤面ものだが、当時の私はそう思っていたのだろう。もしいま、親戚の若者か誰かがそんなことを言ったら、「いまいる場所で輝けなくて、ほかの場所で輝けるはずがないじゃないの」とかなんとか、説教してしまいそうだが。

大学の同級生で東京に就職したのは、女子では私だけだった。当時は男女雇用機会均等法もなかったし、東京の企業は、自宅通勤ではない女子（つまり一人暮らしの女子）は採用しないところがほとんどだったのだ。

　地方出身の女子でも採用してくれる会社を探し、なんとか入社することができたが、初任給が一一万七五〇〇円で、アパートの家賃が四万三〇〇〇円。お金はなく、残業は多く、休みは少なかった。それでも外食やデートもしたし、旅行にも行った。いまよりずっとお洒落もしていた。お決まりのイヤな上司もいたが、なかなか楽しいＯＬ生活だったように思う。

　大学に進学するとき、私は地元の国立大学と、東京の私立大学に合格していた。私大のほうはまぐれ合格で、憧れの大学をダメもとで受験してみたところ、苦手な英語の長文問題に、つい数か月前に高校の受験対策授業でやったばかりの文章がそのまま出題され、実力以上の得点を稼いでしまったのだ。

ほんとうはその私大に進みたかった。それをあきらめたから余計に、就職するとき、こんどこそ東京に出たいと思ったのだろう。

東京の私大をあきらめたのは、親に経済的な負担をかけることが気になったからだ。公務員だった父には国立大学信仰とでもいうべきものがあり、私が地元の大学を選ぶと信じて疑わない。

そんなある夜、母がこっそり私の部屋にやってきた。「大丈夫、東京に行きなさい」と言う。

「お金のことなら、お母さんが働いて、なんとでもするから。あんたは行きたい大学に行っていいんだよ」

母は宮崎県の貧しい農家の生まれである。九人きょうだいの二番目で、子守りばかりさせられて、あまり学校に行かせてもらえなかったという。中学を出ると、家を離れて、福岡の紡績工場に就職した。そのときの母の「春の別れ」はどんなだったのだろう。

十五歳から働きはじめた母は、十九歳で父と知り合って結婚した。お見合いではなく、友人に紹介されたのがきっかけの恋愛結婚だったという。専業主婦になってもよかったのだが、三人の子供の子育てが一段落した後は、ホテルの清掃係からゴルフ場のキャディー、デパートの手袋売りまで、いつも忙しく働いてきた。頭の回転が速く、骨惜しみせずに働くので、どこの職場でも重宝されたようである。

苦労人でしっかりしているが、そのぶん気が強く、自分の意見を譲らないので、いまでも私としょっちゅう喧嘩になる。まったく気の合わない母子なのだが、あのとき、東京に行けと言ってくれたことを思い出すと、ちょっとほろりとする。母もほんとうは勉強したかったんだろうな、と思うのである。根性のある人なので、もし学歴があったら、長く続けられる仕事を持つことができたのではないかと思う。

福岡の紡績工場で、自分がいかに有能で、上司にも評価されていたかは、母のお気に入りの自慢話だ。父によれば、母の上司に結婚の報告に行ったとき、「この人にいなくなられると困るので、一年くらい結婚を延ばしてくれないか」と頼まれたというから、まんざら嘘でもないのだろう。

紡績工場時代の母の写真を見ると、髪をいまでいうソバージュにして、一九五〇年代ファッションのフレアースカートに、サドルシューズ（ツートンカラーの革の紐靴）をはいている。一張羅だったのかもしれないが、昭和二十年代の後半だったことを思うと、かなりお洒落である。映画『風と共に去りぬ』を観た感動を話してくれたこともある。紡績というと「女工哀史」の世界を思い浮かべるが、当時は待遇も悪くなく、福岡という都会でのＯＬ生活を楽しんでいたようだ。

「ほんとうは、京都に行きたかったんだよ」と母が言ったことがある。就職して二年ほど経ったころ、同じ会社の工場が京都にできることになり、転勤の希望者が募られた。母は応募しようとしたが、直属の上司が「あんたに行かれたら困る」といって、転勤願いを受理してくれなかったのだという。「行きたかったなあ、京都。でもあのときもし行っていたら、お父さんとは知り合わなかったから、あんたも生まれてないね」と母は笑った。

いまこれを書いていて気がついた。母もまた、都会に憧れた人だったのかもしれない。自分が輝ける「ここではないどこか」を探していたのかもしれない。

東京都コマエ市

新米の編集者だった頃のことである。読者からの問い合わせの電話に答えていた。相手の口調が苛立っていた記憶があるので、苦情だったのかもしれない。最後に先方が自分の住所を告げた。

「コマエ市○△町……」

書き取っていた私は思わず「コマエ、はどんな字を書きますか？」と訊いてしまった。「え？　あなたコマエも分からないの？」。尖った声が返ってきた。まだ電話応対に慣れていない頃である。あわてて「すみません、こちらで調べます。何県のコマエ市ですか？」と言うと、先方の声がさらに高くなった。

「東京のコマエに決まってるじゃないの。あなたいったい何？　誰か他の人に代わってちょうだい！」

仕方なく目の前にいた主任に受話器を渡した。北海道から出てきたばかりの私は、東京都狛江市を知らなかった。東京といえば二十三区というイメージが強く、都の中に市があるというのがピンとこない。地方の人間は大体そんなものだと思うが、東京で生まれ育った人にとっては信じられない非常識であるらしい。

しばらくして主任に、ある画家の先生の家へ挿絵を受け取りに行くよう命じられた。教えられた通り、西武新宿線の都立家政駅で降り、果物屋の角を曲がる。しかし、どこをどう間違えたのか、目的の家に行き着かない。駅まで戻り、もう一度メモの通りに歩いてみたが、やはり駄目。困り果てて会社に電話した。

「お前方向音痴なんじゃないの？　まず果物屋の角を曲がるだろ？」

「はい、曲がりました。都立家政駅前の果物屋ですよね」

「都立家政？　違うよ、俺、新井薬師って言っただろ？」

「いえ、都立家政って……」

「新井薬師だよ、新井薬師」

新井薬師前は、都立家政の三つ前の駅である。あわてて電車で戻ると、ここの駅前にも果物屋があった。

約束の時間は三十分以上過ぎ、すでに日が暮れかけている。泣きたいような気持ちで住宅街を急いでいると、足元にまつわりついてくるものがあった。オレンジ色の大きな猫である。

暗い道を、後になり先になりしながら、ずっとついてくる。タッタッと先を行ってしまい、見失ったかと思うと、次の角で待っている。小さな道連れに少しだけ心がなごんだ。

やっと目当ての家を見つけ、玄関のベルを押す。ドアが開くと、私の横にいた猫が、すっと中に入っていってしまった。

「あ、その猫は……」

「うちの猫です」

そういえば猫好きで知られる画家であった。先生の猫が道案内をしてくれたんですよ、とでも言えば話が弾んだのかもしれないが、そんな余裕はなく、遅れたことを謝り、画稿を受け取ってすぐに社に戻った。

主任は「俺はちゃんと新井薬師と教えた」と言い張った。「説明を聞きながら取ったメモに、確かに都立家政と書いてあります」と反論したが、「いや、そっちが間違ったんだよ。大体お前、狛江も知らない田舎者じゃないか。東京の地図でも買って勉強しろ」と一蹴された。

東京の人っていやだ。地方出身者を馬鹿にして――そう思った。彼が私と同じ北海道出身で、小さな田舎町で生まれ育ったことを知ったのは、それからだいぶたってからのことである。

桜桃と社長

ある人から桜桃をいただいた。有名なフルーツ店のもので、きれいな木の化粧箱に入っている。包装紙や箱の類は取っておかないことにしているのだが、あまり立派な箱なので食べ終わった後も捨てるのがためらわれた。焼き印で小さく店名が記された蓋を見ているうちに思い出した。この店の桜桃を、前に一度だけ食べたことがある。

二十代の頃、ある会社の社長秘書をしていたとき、季節はずれのひどい風邪をひいた。会社を休んで二日目に突然社長から電話があり、いまから見舞いに来るという。

社長が来る？　この狭くて汚い部屋に？　私はパニックになりそうになった。が、まもなくタクシーでやって来たのは、社長ではなく先輩秘書だった。「風邪がうつっては大変ですから」とみんなで止めたという。

　そのとき先輩が、社長からだと言って持ってきてくれたのが、木箱に入った桜桃だった。熱のある舌にみずみずしい果肉が美味《おい》しく、社長の心遣いがありがたかった。箱はしばらく物入れに使った。

　治って出社すると、社長は「一人暮らしで寝込むのはさぞ心細かったろう。見舞いに行けなくてすまなかったな」と言った。私はいい会社に入ったと思った。社長は当時五十代後半で、三十代で起業した会社が上場を果たしたばかりだった。

それからしばらくした頃、社長室に、Ａさんという社員とその家族がやって来た。米国の支店からの帰任挨拶である。奥さんは小学校低学年くらいの男の子の手を引いていた。Ａさんは、奥さんの両親がほぼ同時に倒れたため、同居して面倒を見るために帰国を希望した。出世より家族を優先した彼に、管理職を含めて多くの社員が理解を示していたように思う。

ところが執務室から出てきた社長は、Ａさんの顔を見るなり言った。

「がっかりしたぞ。お前を見込んでアメリカに行かせたんだ。こんなに早く帰ってきて、まだ何の実績も残していないじゃないか」

厳しい口調だった。その場には秘書室のスタッフの他に、Ａさんの日本での上司となる部長もいた。社長は、もう出世はないぞ、わかっているだろうな、という意味のことを露骨に口にした。もちろんＡさんが帰国を望んだ理由を知ってのことだ。

何も奥さんの前で言わなくてもいいじゃないかと私は思った。そっとＡさんの奥さんを見ると、うつむいて子供の手を握りしめている。思いがけない社長の一面を見た私はショックだった。会社の経営者とは、こういうものなのか。

先日、知り合いにこの話をした。三十代の男性である。彼は言った。

「そのＡさんって人、そのとき社長に感謝したんじゃないかなあ」

えーっ、なんで？

「自分が犠牲にしたものを、はっきり奥さんに示すことができたわけでしょ。それって結果的にはよかったんじゃないかな。その社長、いやな奴だとは思うけど」

へえ、そういう考え方もあるのか。思わず感心してしまった。しかし、ちょっと待てよ、とも思う。この男性は大変な恐妻家なのである。

「Aさんのその後の人生、ずいぶん生きやすくなったと思うなあ」という彼の意見を容《い》れて、二十数年前の出来事に対する認識を新たにすべきだろうか。いま私は迷っている。

会社を辞めた日

この会社を辞めよう。そう決めた瞬間を、二十年以上たった今も覚えている。

部長席に呼ばれて叱責されていた。理由は覚えていないが、私にとっては理不尽と思えることだった。

「編集はクビだ。おまえなんか営業に行け」「なあ、おれの顔を潰す気か。社長になんと言えばいいんだ」――。恫喝《どうかつ》と泣き言が交互に続く。おとなしく聞いていたが、いつまでたっても終わらない。気がつくと、しゃべり続ける部長に無言で背を向け、自分の席に向かっていた。

反抗的な態度をとるつもりだったわけではない。自分でも予想外の行動で、身体が勝手に動いたとしか言いようがない。当時の私はごく従順な社員で、嫌なことがあっても我慢して、ニコニコと立ち働いていたのだから。部長はすぐに怒鳴る人だったが、このときばかりは呆《あき》れたのか、それ以上何も言わなかった。

席に戻ると、見慣れたオフィスの風景が急に遠のいて見えた。目の前にいる同僚の姿も、ひっきりなしに鳴る電話の音も、薄い膜を一枚隔てた向こうにあるような感じ。それまでにも辞めたいと思ったことは数え切れないほどあったが、このとき何かがプツンと切れたのだと思う。

辞めたのはその二か月後である。部の朝礼で退職の挨拶をした。これからはフリーランスで、ライターとしてやっていけたらと思います、という私の言葉を受けて、部長が言った。

「世の中そんなに甘くありませんから、多分食いつめるでしょう。そのときは僕が、行きつけのスナックにでも紹介してやりますよ」

はっはっは、という部長の笑い声で朝礼は締めくくられた。悔しさで赤くなった顔を、同僚から贈られた花束で隠しながら席に戻る。

「部長、最低」「ひどいよね」。その夜、送別会の席で同僚は口々に言った。部長は出席していなかった。

しばらくして、担当していた作家の先生の家へ挨拶に行った。一番親しくしてもらっていた人である。会社辞めました、と告げると、えっ、そうなの、と驚いた顔をした後、しみじみと言った。「あなた、刺されないように気をつけなさいね」

意味が分からずぽかんとする私に先生は説明した。大学生の頃、つきあっていた女性に突然、別れを宣言された。喧嘩《けんか》したこともなく、つい昨日まで手をつないで歩いていたのになぜ、と彼女を問いつめると、あなたには嫌なところがたくさんあったけれどずっと我慢していた、でももう限界だと冷たく言われた。そのときもし刃物を持っていたら、彼女を刺したかもしれない。

「あなたの辞め方は彼女に似ている気がする。ほとんどの編集者が会社や上司の愚痴をこぼし、仕事への迷いを口にするけれど、あなたはそういうことがなかった。今の職場に満足しているように見えた」

顔には出さずじっと耐え、あるときスパッと切る。それってカッコいいけれど、去られる方には傷が残るよ。そう先生は言った。

「文句を言ってやりあって、もめてから別れる。恋愛でも会社でも、そういうほうがいいんじゃないかな。でないと、いつか刺されるよ。刃物で刺されるか、ほかのもので刺されるかはわからないけど」

もう刺されたのかもしれない。退職の日の部長の言葉を、私は思い起こしていた。

創業社長

会社を辞めてフリーライターになったのは、一九八〇年代半ばのことである。バブルが始まりかけた頃で、駆け出しのライターにもけっこう仕事があった。

雑誌のコラムやインタビュー記事、ラジオ番組の構成、映画祭のパンフレット、著名人のゴーストライター……。変わったところでは、次々と建ちはじめた豪華マンションのネーミングというのがあった。

グランパレだの、パンテオンだの、大げさな名前ほど採用されやすかった記憶がある。そういう時代だったのだ。当時さかんだった企業の冠《かんむり》イベントの企画書もずいぶん書いた。

中でも需要が多く、二十代の頃の私の生活を支えてくれたのが、学生向けの会社案内である。どこの企業も人手が足りず、採用のための予算を惜しまなかった。バブル期の数年間で、五十社以上の会社案内の原稿を書いたと思う。

会社案内では普通、冒頭のページに社長が登場し、企業理念などを語る。出来上がった原稿を渡されることもあるが、ほとんどの場合はライターが取材して書く。上場企業から中小企業まで、さまざまな社長にインタビューした。面白かったのは、やはり創業社長である。極貧から身を起こした人、夢のお告げで起業した人、何度も夜逃げをしたという人など、まさにドラマの宝庫だった。

一代で財を成した社長には、出会いがしらにどかんとインパクトを与えようとする人がけっこういる。あなたが今飲んでいるそのコーヒーカップは一客百万円します、と言われて取り落としそうになったこともあるし、社長室に案内されるなり、お茶の代わりに、社長が打った蕎麦《そば》が出てきたこともある。

忘れられないのは、開口一番「私はがんで、一年後には生きていないかもしれません」と言った人だ。さらりとした口調だった。社員五十人ほどの工作機械の会社の社長で、六十代半ばくらい。作業着に健康サンダル姿で、見た目は元気そうだった。

「だから、いいものを書いてくださいね。お願いします」とにこやかに言われ、若かった私はどう反応すればいいのかわからず戸惑った。はいがんばりますとも言えず、あいまいに頷《うなず》いて、そのままなしくずしにインタビューに入った。

翌年、その会社にまた呼ばれた。中小企業では一度会社案内を作ったら何年かは使い回すことが多い。社長が亡くなったから作り直すことにしたのか。いやだなあ。別の人に頼めばいいのに。そう思って出かけていくと、社長は健在だった。

「あなたには悪いことをした。あんなことを言われちゃ誰だって寝覚めが悪い。ほら、どうです。私は生還しましたよ。元気になったところを見てもらおうと思いましてね」

笑うと歯がにょきにょきとやけに大きく見えるのは、顔がひと回り小さくなったからだった。一瞬ドキッとしたが、声は以前より大きく、張りもあった。

その後、社長は毎年、私に会社案内を依頼してくれた。息子に会社を譲って引退するまでの五年間、それは続いた。年に一回、同じような話を聞き、同じような原稿に起こす。これなら使い回しの原稿でも構わないのにと当時の私は思っていたが、あれは彼にとって、自分が元気で仕事をしていることを確認する儀式のようなものだったのかもしれない。

死への恐れ

小学生の頃、よく橇《そり》遊びをした。近所の空き地が雪捨て場になっていて、小高い山ができていた。そこを登っては滑り、また登っては滑る。日が暮れるまで飽きずに遊んでいた。

橇は木製で、あざやかな赤色に塗ってあった。西欧のクリスマスカードにサンタクロースがトナカイの引く橇に乗っている絵がよく出てくるが、ちょうどあんな感じのクラシックなデザインである。座面が少し高いところにあるので、バランスを失って転ぶと、橇から身体が放り出されてしまう。そのときの恐怖感と、宙に浮くような不思議な感覚は、今でもよく覚えている。

子供の頃買ってもらった木の橇でこの世の端からすべり落ちる夢

三十歳の冬に詠んだ歌である。当時、自己流で短歌を作って新聞に投稿していた。才能も根気もなく、すぐにやめてしまったのだが、この歌はある新聞に掲載された。しばらくして、札幌の実家に帰省すると、母が言った。

「橇の歌、新聞で見たよ。あの夢って、つまり死への恐怖でしょう。

乳がんのこと、何でもないような顔してたけど、あんたも本当は怖かったんだね」

その年の夏のことだった。住んでいた新宿区が無料で三十歳検診をやってくれるというので受けてみたら「乳がんの疑いが強い」と言われた。大学病院を紹介され、いくつかの検査を受けたが、はっきりした結果が出ない。何度か通った後、医師が「来週、乳腺に造影剤を入れてレントゲンを撮る検査をしましょう。たぶんこれではっきりします」と言った。

検査の前日、母が突然上京してきた。一人暮らしの私を気遣ってのことだろう、検査に立ち会うという。一人の方が気が楽だったが、来てしまったものは仕方がない。一緒に病院に行くことにした。

検査は思ったより時間がかかった。出産経験がないため乳腺が細く、造影剤がなかなか入っていかないのだ。その間母は、検査室の前の廊下の長椅子で待っていた。

ようやく検査が終わり、廊下に出ると、母は手帳に何か一心に書きつけていた。近づいて覗《のぞ》き込むと〝南無妙法蓮華経〟という文字がいくつも並んでいる。ドキッとした。力のこもった字で、紙にくっきりとボールペンの跡がついている。

「いやだお経なんか。お母さん信仰心なんてあったの」

わざと笑って言うと、母は「なんだか手持ちぶさただったから」と言って恥ずかしそうに手帳を閉じた。

検査の結果、がんは否定された。橇の夢を見て歌を作ったのは、その数か月後である。母の言うように、心の中にあった死への恐怖が、ああした夢になって表れたのかどうかはわからない。「あんたも本当は怖かったんだね」と母は言ったが、私が死への恐怖を感じたのは、実を言うと母が手帳に書いたお経を見たときだった。それまでは、がんといってても現実感がなく、どこか他人事のように感じていた。

宗教などとは無縁の母が、強い筆圧で手帳に書きつけた南無妙法蓮華経の文字。そこには母自身の恐怖がにじみ出ていた。そのとき、生まれて初めて、死というものを身近に感じたのである。

黒いスーツ

先日、大学生を相手に話をする機会があった。日米関係をテーマにしたセミナーで、さまざまな大学から集まった三十人ほどの学生に、三人の講師が講話をした。私以外の講師は大学の先生で、集まったのは勉強熱心な学生たちだった。

私の番になって、学生たちの前に立ったとき、妙なことに気がついた。女子学生が全員、同じ服装をしているのだ。蒸し暑い梅雨どきにもかかわらず、黒のスーツの上下に、白いブラウス。いわゆる就活ルックである。

しかし、そのセミナーは就職とは何の関係もない。時間帯も土曜日の夕方で、終了後は講師を囲んで軽食をとりながらおしゃべりをするといった気楽なものだった。それなのに、見事に全員が同じスタイル。

「？」と思った私は、終了後、一人の女子大生に訊いてみた。なんでそんな地味なスーツを着ているの、と。すると「え？　おかしいですか……」と戸惑った様子。

「プライベートでいつもそんな恰好《かっこう》してるわけじゃないよね」

「はい」

「じゃあなんで？」

「今日は目上の人にお会いするし、ちゃんとした恰好のほうがいいと思って」

たしかにその日は、講師以外にも、大学関係者や元官僚のおじさんなども来ていた。でも、きちんと見える服装ならほかにもあるはずだ。ちょっとフォーマルな、たとえば胸元にボウ（リボン結び）のあるブラウスにスカートとか、ジャケットにしても黒じゃなくて淡い色とか。それでもぜんぜん、失礼なんかじゃないのに。――私がそう言うと、その女子大生は「そ、そうですか？」と意外な様子。さらに困惑させてしまったようだった。

きちんとメイクもし、アイラインなど私よりずっと上手に引いていているのに、黒いジャケットの襟から先のとがった白い襟が飛び出ているあのスタイルは、あまりにもあか抜けない。何より、制服じゃあるまいし、みんなが同じ恰好というのは変ではないか。

後日、二十代半ばの知人女性にこのときのことを話したら、「おんなじ恰好だからいいんじゃないですか。ヘンに目立つの、イヤですもん」という答えが返ってきた。

それからしばらくして、たまたま日本経済新聞のコラムで、前年の日本航空の入社式の写真を見て、ほんとうにびっくりしてしまった。新入社員の女子全員が、私の嫌いなあの黒スーツなのである。

それどころか、ジャケットはシングルの三つボタン、スカートは膝丈、靴はローヒール（見たところ全員五センチ）の黒パンプス、ストッキングは肌色、髪型は後ろでひとつにまとめてジェルでなでつけたひっつめヘア、アクセサリーは一切なし、というところまでまったく同じ！

知らずに見れば、誰もが制服だと思うだろう。だが制服ではなく、会社から指示されたわけでもない。記事によれば、先輩社員の話やインターネットの情報をもとに、みんなが周到に準備した結果、こうなったのだという。

オソロシイのは、立ち姿までが同じであることだ。写真に写っている全員が、おへそのちょっと下で両手をきちんと重ねている。デパートのエレベーターガールみたいに。

同じ記事に、一九八六年の日航の入社式の写真が載っていた。スーツ姿が多いが、デザインも色もさまざまで、チェックのスカートにジャケットを合わせている人や、ワンピース姿の人もいる。髪型は見事にばらばらである。

私が就職したのと同じ時代で、当時のことを思い出した。就職試験の最終面接のときの私の服装は、白地にベージュの水玉模様の半袖のブラウススーツで、スカートはロング丈のプリーツだった。

あれからおよそ四半世紀。こんなにも没個性的で不自由な世の中になってしまったのかと思うと、なんだか暗澹《あんたん》とした気持ちになる。

理由はわかっている。不況による就職難のせいである。私たちのころも女子学生の就職は厳しく、「どしゃ降り」などと言われたが、いまは「氷河期」なのだそうだ。そんな中で内定を得るために、周囲から浮かないことを心がける。結局は、企業が多様な人材を求めるのではなく、無難なタイプを求めているからで、そう考えると、こんな不自由な社会を作ってしまった大人のひとりとして、申し訳ない気持ちになったりもする。

ただ、あの入社式の服装は、いくら何でも過剰適応だろう。就活でもないのに「目上の人」と会うからといって黒スーツを着てきた女子大生たちにも、そんなに大人に気を遣ってどうするの、と言いたくなる（いま気づいたけれど、その「目上の人」には、たぶん私も入っていたのだ。ああ！）。

これは世を忍ぶ仮の姿で、ほんとうの自分は違う、と思っている女の子たちも多いだろうけれど、そうやって日々、世間の要求にお応えしているうちに、ほんとうに着たいものや、自分の好きなスタイルがわからなくなってくるから気をつけたほうがいい。自分らしさというものは、内から自然に湧き上がってくるものではなく、みずから鍛錬して作り上げるものなのである。

ほんとうは、採用する側だって、あの服装がいいとは思っていないのではないだろうか。若者の側が、情報に振り回されたあげく、勝手に保守化しているように思えてならない。

戦争中に青春時代を過ごした女性たちにインタビューしたことがある。その中の一人、作家の近藤富枝さんは、戦時中、NHKのアナウンサーだった。昭和十九年の夏に行われた入社試験の面接に何を着ていったかを、八十代の半ばを過ぎた近藤さんは、はっきり憶えていた。「グリーンに黒のストライプの半袖ブラウスにスカート。靴は、銀座の靴屋で買ったローヒールだった。洒落た形で気に入っていたけれど、ちゃんとした革の靴はもう手に入らなくて、代用品の鮫皮《さめ》だった。破れないかひやひやするような薄い皮だったわね。髪型は、真ん中で二つに分けた髪を、三つ編みにして頭の上で留めていた。もうパーマはかけることができなくなっていたの」

少しでも華やかな格好をすると白い目で見られた時代である。しかし近藤さんは、非難されないぎりぎりのラインをはかりながら、精いっぱいのお洒落をした。

女性たちへのインタビューは、雑誌に掲載された後、単行本として出版されることになった。近藤さんにあらためて原稿をチェックしてもらったところ、一か所だけ朱が入って戻ってきた。「グリーンに黒のストライプ……」のところが「グリーンのデシン地に黒のストライプ……」と、布地の種類が書き加えてあったのだ。忘れられない、大切な洋服だったのだろう。

当時、ＮＨＫは銀座にあった。戦争末期のモノトーンの街を、軽やかな装いで胸を張って歩く女の子の姿が見える気がした。

不自由な時代の中で、自由を求めた若い女性たち。いまは、ほんとうは自由なのに、自分で自分を縛っているように思う。

セミナーで「もっと好きな恰好しなさい！」と私がハッパをかけた女子大生から、数日後にメールが来た。「世間からの評価を自分の中でどこに位置づけるか、まだまだわかりませんが、考え直すきっかけを頂いたように思います」とある。どこまでも真面目である。

もっと自由でいいのよ、若いんだから！——彼女の母親世代に当たる私は、心の中でそう声をかけた。

着ることはひとつの主張である。黒のスーツをやめて、もう少しだけ個性的なファッションで就職活動をする女の子が増えてくれるといいなと思う。

食神《しょくじん》

台湾に行ってきた。ちょうど旧正月のころで、個人商店はほとんど閉まっていたが、台北で泊まったホテルの裏手に小さな土産物店があり、店を開けていた。ウナギの寝床のような細長い作りである。中に入ると、高さ三センチくらいの干支《えと》の置物が並んでいるのが目に入った。陶器に手彩色で、小さいがなかなか風格がある。

一個三五〇元（日本円で一〇〇〇円くらい）のところを、店のおばさんと交渉して、三個で九〇〇元にまけてもらった。電卓を間に「そこを何とかもう少し」「いやいやこれ以上は」などとやりあった末のことだ。おばさんは六十代の後半くらいだろうか。達者な日本語をしゃべる人だった。

交渉が成立するとお茶をいれてくれて、「これ食べる？」と、奥から大きな鍋を持ってきた。黒っぽい豆のようなものが汁につかっている。「何ですか？」と訊いたが、日本語で何というのかわからないという。「甘いよ。旧正月はみんなこれを食べるよ」とのこと。たぶん小豆か黒豆を炊いたものだろうと思い、遠慮なくいただくことにした。食べてみると、ぷるん、もちっ、とした歯ごたえ。

「あ、タピオカ！」

「そう、タピオカ。タピオカよぉ」

うれしそうにおばさんが言った。

日本で食べるタピオカより粒が大きく、黒い色をしている。黒砂糖で炊いているらしく、やさしい甘さだった。

食べている私におばさんはいろいろと話しかけてくる。店に客は私だけだ。

――どこから来たの？　ああ東京。そう、渋谷のそばなの。私の娘が渋谷に住んでいたことがあるよ。私、東京には十回以上行ってる。旧正月の二日目は、女の人がみんな実家に帰る日。一日か二日いて、今日あたり、また戻ってくる。だから台北に向かう道路が混むよ。私もさっき帰ってきたところ。一日だけね、実家にいたのは。仕事あるからね。このタピオカは実家から持ってきたの。たくさんあるからもっと食べなさい……。

十分ほど話をした後、お礼を言って帰ろうとすると、おばさんが「蜜柑《みかん》持っていく？」と言った。「うちの実家の裏山の蜜柑よ」。レジの内側に置いてあった袋からおばさんが取り出した蜜柑は、黄色と緑色がまだらになっていて、表面がざらざらしている。スーパーで売っているのとはぜんぜん違う、素朴な蜜柑だった。きっとおいしいに違いない。

「もらいます、ありがとう！」

おばさんが満足そうに頷《うなず》く。一個くれるのかと思ったら、次から次へと袋から出してカウンターに並べていく。結局、六個ももらってしまった。ついさっき数百円のことで私と激しい攻防を繰り広げたとは思えない気前のよさだ。

ホテルに帰ってさっそく食べてみた。オレンジのような大きさと形だが、皮が薄く、奄美大島で食べたタンカンと呼ばれる蜜柑に似ている。したたる汁に手を濡らしながら皮をむき、口に入れると、びっくりするほど甘くてみずみずしかった。香りが強く、手を洗った後もしばらく指先にいい香りが残った。

翌日は帰国日だったが、出発前にもういちど店に行ってみた。蜜柑が美味しかったことを言おうと思ったのだが、おばさんはおらず、別の人が店番をしていた。

空港の待合室で残りの蜜柑をむきながら、また台湾に来たいと思った。今回の旅は仕事ではなく観光で、いろいろな名所に行ったが、結局、一番心に残っているのは、おばさんが食べさせてくれたタピオカと蜜柑である。

遠慮しない性格ゆえか、それとも食い意地が張っていることを見抜かれるのか、旅先で知らない人に食べものをもらうことが多い。

十数年前、サイパンのリゾートホテルのプールサイドにあるバーカウンターで、無料《タダ》のピーナッツをつまみにビールを飲んでいたら、バーテンダー（といってもアロハシャツを着たおじさんだが）が、突然、「パパイアは好きか」と話しかけてきた。英語であるが、このくらいなら私にもわかる。イエスと答えると、今度は「ツケモノは好きか」。

ツケモノは日本語だった。

またイエスと答えると、小皿を寄越し、食べろと言う。かぶの浅漬けのように見えるものが載っていて、かじってみると青臭いような甘いような香りがする。生まれてはじめて食べるパパイアの漬物だった。

陽が高く昇っている時間帯で、暑すぎるためプールに人は少なく、カウンターには私一人だった。おじさんがぽつぽつと話をする。サイパンではなくフィリピンのボホール島の出身で、そこでもバーテンをしていたこと。毎日、奥さんが作るお弁当を持ってくること。このパパイアの漬物も奥さんが作ったこと――。おじさんもそれほど英語がうまくないため、かえって意味がよくわかった。

その後、三度ほどサイパンに行っているが、パパイアの漬物には一度もお目にかかっていない。もう一度くらい食べてみたいとも思うが、強烈な陽射しの下で、おじさんの身の上話を聞きながらかじったときの記憶だけでいいような気もしている。

先月訪れた九州では、タクシーの運転手さんに草餅をご馳走になった。二年ほど前から新聞紙上で全国の廃線（廃止になった鉄道）の跡をたどる紀行文を連載していて、このときは、かつて筑豊炭鉱で掘り出された石炭を運んでいた上山田《かみやまだ》線の取材で、福岡県の飯塚に行ったのだった。

廃線の取材は基本的に徒歩だが、距離が長いときはタクシーのお世話になる。線路や標識、トンネル、鉄橋などの遺構を探しながら走ってもらい、発見すると車を降りて写真を撮るのだ。

線路が残っている区間を見つけたので、レールの上を歩くことにして、運転手さんには先回りをして待っていてもらうことにした。小雨の中、ダウンジャケットのフードをかぶり、カメラが濡れないように懐に入れて歩く。鉄道好きの私にはつらいことではないのだが、かつて駅があったところに建っている野菜の直売所の駐車場で落ち合った運転手さんは、泥だらけになったスニーカーをティッシュで拭く私を見て、「よく歩いたねえ。大変だったでしょう」とねぎらってくれた。トイレに行って車に戻ると、座席に紙包みが置いてあった。「よかったら食べて。お腹すいてるでしょ」と運転手さん。中に草餅が入っていた。直売所で買ったという。

お昼ご飯を食べずに取材していたので、たしかにお腹がすいていた。

ありがたくその場でいただくことにした。大きめの大福くらいある、どっしりした草餅である。嚙みしめるとよもぎの香りがした。あんこが少なめで、お餅の味がしっかり味わえるのも私の好みだった。

これまで取材でタクシーにはずいぶん乗ったが、運転手さんからご馳走になったのは初めてである。ほんとうなら待ってもらっていた私のほうが、お茶かジュースでも買って渡すのが筋というものだ。スイマセンと謝ると、「いやあ、私もカメラが趣味なんですよ」と運転手さん。年齢は六十歳くらいだろうか。写真を撮るために藪《やぶ》を漕ぎ、泥だらけになりながら土手を駆け上がる私を見て、根性があると感心したのだという。この草餅も忘れられない味になった。

以前、四柱推命《しちゅうすいめい》で運命を見てもらったとき、私には「食神」と「駅《えき》馬《ば》」の星がついていると言われた。

「食神」は食いしん坊で一生食べものに困らない星、「駅馬」はあちこち移動してせわしなく働く星だという。「駅馬」はどちらかというと凶星らしいが、私の場合、それを「食神」がおぎなってくれているのだろう。

いまこうして思い出してみても、ほんとうにあちこちの土地で、二度とは会わないだろう人からご馳走になっている。誰かにものを食べさせるとき、人はどうしてあんなにやさしい顔になるのだろう。旅行カバンには入らないお土産をもらって、今回もまた旅から帰ってきた。

ミニチュアの虹

フランスに旅行してきた。行きの飛行機の席は窓際で、成田から飛び立って二時間ほどすると、眼下に淡い苔《こけ》色をした大地が広がった。中国の東北部、旧満洲のあたりである。その中を、青というより紫色に見える河が大きく蛇行して流れていた。太い刷毛《はけ》でぐいっと一筆描きにしたように見えるその河は、地図を見ると、アムール川だった。

ひと眠りして起きると、北欧のフィヨルドの上を飛んでいた。スカンジナビア半島の海岸線が、まさに地図の通りの形をして窓の下に見え、なんだか感激してしまった。

私は地図を見るのが好きである。手元の地図と、眼下に広がる実際の地形が一致するのを確認しながら、交互に眺める機内での時間は至福といっていい。けれども実は、三十代の初めから、ごく最近になるまで、怖くて窓際の席に座ることができなかった。窓が怖いのではない。通路から隔てられるのが怖いのだ。

飛行機で窓際に座ると、通常、通路までの間にふたつ席がある。そこに人が座ると、通路への道がふさがれて、閉じ込められているような気分になる。そうすると、心臓がバクバクして、息が苦しくなるのである。だから、飛行機では必ず通路側の席を予約するようにしていた。

飛行機だけではない。以前、高速バスに乗ったとき、出発間際に人がたくさん乗ってきて、通路の補助イスが次々と下ろされた。出入り口は前方の一か所だけ。バスの真ん中あたりの席に座っていた私は、通路がふさがれていくのを見て、動悸《どうき》と吐き気がしてきた。

一種の閉所恐怖症なのだろう。自分の意思で外に出られない状況になると、パニックになる。急行電車にも乗れなくなった。仕事柄、取材のための移動や旅が多いので、これはけっこう厄介だった。医師に精神安定剤を処方してもらって持ち歩いていた時期もある。

人に話すとびっくりされる。そんなデリケートなタイプには見えないというのだ。自分でも、のんびりしていて楽観的な性格だと思う。

なのに、なぜか乗り物が怖くなってしまった。だましだまし、何とか折り合いをつけながらやってきて、四十代になる頃には急行電車にも長距離バスにも乗れるようになった。飛行機の窓際の席が平気になったのは、昨年の夏のことだ。

奄美大島から沖縄まで小さなプロペラ機に乗った。席は窓際しか空いておらず、仕方なく座った。しばらくして眼下に加計呂麻島《かけろまじま》が見えてきた。前日泊まった島だ。したたるような緑の山と白い砂浜。私は南の島が好きで、国内外のたくさんの島に旅をしたが、この加計呂麻島を世界で一番美しいと思う。一度取材で訪れて虜《とりこ》になり、以後、何度か通っている。

八十歳になるおじいさんが朝御飯をつくってくれた民宿はあそこ。

散歩した海岸はあのあたり……目を凝らして見ていると、海べりの小さな集落と、その背後の山をつなぐようにして、虹がかかっていた。

空から虹を見たのは初めてである。ミニチュアのような虹だった。小さな島には虹も小さいのがかかるのかと、思わず笑いがこぼれた。そのとき、なぜだかわからないけれど、「もう大丈夫」と思ったのだ。

わが武勇伝

血気盛んな年頃、というのが誰にでもある。男性だけではなく、女性もそうだ。私の場合、それは、三十代の初めだった。

ある日、銀座線の渋谷駅から地下鉄に乗った。隣の表参道駅で、私の会社（小さな編集プロダクション）が関わったイベントがあり、顔を出すことになっていたのだ。

朝の九時頃だった。ホームで電車を待っていたら、若い男が、並んでいる人たちを肩で左右に押しやるようにして割り込み、最前列に立った。電車が入ってくるとまっ先に乗り込んで、優先席にどっかと座り、大きく足を開いてあたりを睥睨《へいげい》している。

紫色のダブルのスーツ。とがった革の靴。絵に描いたようなチンピラである。年は二十五、六歳か。二十年近く前とはいえ、ここまで「いかにも」というパターンは珍しかったと思う。いま思えば笑ってしまうようなバカ男なのだが、当時の私は義憤に燃えた。並んでいた中にはお年寄りの女性もいて、肩で押されてよろけていたのだ。

銀座線で朝九時といえば、まだ通勤ラッシュの時間帯である。車内は満員なのに、男の前には誰も立たない。こういうとき、「言っとくけど、私はアンタなんか怖くないのよ!」ということを態度で示したくなってしまうのが、当時の私の悪いクセであった。私は、男の正面に立って吊り革につかまった。下から見上げた男と視線が合う。と、男が突然、私の向こう脛を蹴り上げた。私は尻もちをついて倒れた。

「何をするんですか！」

私が叫ぶと、

「テメーこの、ガンつけやがって……」

とかなんとか言いながら男は立ち上がった。殴りかかってきそうな勢いである。

私と男のまわりには、空間ができた。周囲の人が驚いて、あるいは関わりになりたくなくて、一、二歩後ろに下がったのだ。

渋谷は始発駅で、まだ発車前である。私は倒れたままの姿勢で、「どなたか、駅員さんを呼んでください！」と言った。車内がシーンと静かになった。ネクタイ姿のサラリーマンも沢山乗っていたが、誰も何もしてくれない。

そのとき、後ろの方から一人の男性が出てきて、ゆっくり男に歩み寄り、肩に手を置いて「あなた、降りましょう」と言った。セーター姿の、三十歳くらいの人である。後光がさして見えた。

引っ込みがつかなくなったのだろう、男は「おう、話つけてやろうじゃねえかよお」と言いながら、その人にうながされてホームに降りた。車内の人たちが注目する中、肩をそびやかし、左右に身体を揺らすようにして。

三人でホームに降り、セーターの男性が「じゃあ私は、駅員さんを呼んできます」と言って、改札口の方へ小走りで去った。発車のベルが鳴ったのはその直後である。

男はどうしたか。なんと、サッと車両に乗り込んだのである。

私はどうしたか。思わずホームから手をのばし、男の胸ぐらをつかんだ。一応言っておくが、私は暴力的なタイプではなく、そんなことをしたのは、後にも先にもそのときだけである。

「卑怯者！　降りなさいよ！」

そう叫んで、私は男をホームに引きずり降ろそうとした。自分でもよくあんなことをしたと思う。よほど頭に血がのぼっていたのだろう。

だって、あまりにも卑怯で、みっともないではないか。「話つけてやる」だって？　カッコつけて、バッカじゃないの――。

紫スーツ男は大柄で、やせ形ではあったが、身長一八〇センチはあったと思う。シャツの胸のあたりをつかんだ私は、ホームから懸命に引っぱったが、男も必死で身体を後ろに引く。

発車のベルが鳴ってからドアが閉まるまでには数秒ある。男にはその時間がかなり長く感じられたことだろう。車両は超満員なので、男は一歩も後ろに下がることができない。「卑怯者！」と叫ぶ私に胸ぐらをつかまれたまま、懸命に足を踏ん張っていなければならなかったのだ。

やがてドアが閉まった。私は怒りでハイになっていたのだろう。こぶしでドアをドンドンと叩き、

「卑怯者！　恥ずかしくないの？」

　と叫び続けた。

　紫スーツ男を乗せた車両が動き出した直後に、駅員さんが走ってきた。こういうとき、こういう人たちは必ず、少しだけ遅れてやってくる。

　事情を聞き、私の脛の傷を見た駅員さんは「傷害事件として訴えますか？」と聞いてきた。その場合、警察で被害届を出してくれという。親切なセーターの男性が付き添ってくれ、ハチ公前交番に行った。

　交番では、被害届を出すには病院の診断書と、証人が必要だという。セーターの男性は「僕が証人になります」と言ってくれた。しかし、お巡りさんはクールだった。

「えー、一応言っておきますけど、被害届が出ても、捜査というようなことは、特にしません。その男を探すことはできません」

確かに、こんな小事件をいちいち捜査していたら、警察にはいくら人がいても足りないだろう。

「あのー、じゃあ、被害届って、何のために出すんでしょうか」

素朴な疑問が湧いて、私は尋ねた。するとお巡りさんは言った。

「もしその男が別の事件を起こして捕まったようなとき、余罪ということで、罪が増えます」

なるほど。ニュースでよく聞く「余罪を追及」というやつか。

私は結局、被害届を出すのをやめた。「まず捕まらないですねえ」とお巡りさんに言われたし、診断書を取って被害届を出す際、もう一度、証人にも来てもらわなければいけないからだ。セーターの男性は「いいですよ、行きますよ」と言ってくれたのだが。

三十分ほど遅れて、表参道に着いた。その日は私の部下の二十代の女性も仕事先のイベント会場に詰めることになっていて、途中で電話をしておいたので、大きな差し障りはなかった。

イベントが終わって朝の事件のことを話すと、「えー、あれ梯さんだったんですか！」と部下。実は彼女も同じ車両に乗っていたという。混んでいたため、声だけが聞こえていたそうだ。たぶん痴漢にあった女性が相手を突き出そうとしているのだろうと推測し、「世の中には勇気のある女の人がいるなあ」と感心したという。

「でもまさか、梯さんの声だとは思いませんでした……」と彼女。

普段の私の声とはまったく違う、甲高い声だったという。

それを聞いて私は、急に我に返って冷や汗が出た。怪我にもめげずチンピラに立ち向かったことを、我ながら偉いと思っていたが、あのときの私はかなりヒステリックになっていたんじゃないだろうか。

そういえば、すべて終わってイベント会場にたどり着くまで、脚の痛みをまったく感じなかった。けっこう出血し、翌日には見るも無惨に腫れあがったのだが。つまり、そうとうな興奮状態にあったということだ。

翌日から、何人かの人にこの武勇談を語ったが、褒めてくれた人はひとりもいなかった。そんなチンピラに関わるのは馬鹿馬鹿しいというのだ。今の私なら、同じ感想を持つだろう。でも一方で、あの日の「蛮勇」をなつかしく思う。もうあんなエネルギーは残っていない。

部下によれば、あの日、紫スーツ男は、次の表参道駅でそそくさと降りたという。

「私も同じ駅で降りたから、後ろ姿が見えました。背中を丸めて小さくなって、ブツブツ独りごとを言ってましたよ」

やはり正義は勝った……と思いたい。

美人はトク？——かづきれいこさんのメイク

このあいだ五十歳になった。あらためて鏡を見ると、やっぱり老けたなあと思う。しわは以前からかなりのものだったが、最近ではたるみが目立ち、地下鉄の窓に映った顔を見て思わずぎょっとしたりする。

ふだんの化粧は手抜きだが、たまに気合いを入れようと思ってアイラインを引くと、ペンシルが肌に引っかかってうまくいかない。同年代の方なら思い当たると思うが、これもたるみのせいだ。まぶたの肉に圧迫されて、いつのまにか目が小さくなっていることに気づいたりもする。

でもまあしかたがない。五十年間も同じ顔を使い続けてきたのだから。

五十年といえば半世紀である。住宅だって取り壊して建て直す時期だ。先日建て替えがはじまった多摩ニュータウンの諏訪二丁目団地は築四十年だというし、赤坂プリンスホテルの新館など、たった二十八年で取り壊されることになった。それにくらべて顔というのはなかなか使いでがあるというか、長もちするという点では立派なものだ。

老眼で細かい字が読めなくなったり、自分で思うより足が上がっていなくて、段差でつまずいたりすると「これはまずい」と思うけれど、顔に関しては、かなり従順に老化を受け入れているほうだと思う。

私の観察では、顔が老けてきたことにショックを受け、あれこれ抵抗するのは、もともとキレイな人が多い。それまでの人生で、美貌によってトクをしてきた人である。

残念ながら私の場合、そういうことはなかったためにショックが小さいのかもしれないが、見た目の若さにあまり執着しないのには、もうひとつ理由がある。


かづきれいこさんというメイクの先生がいる。あざや傷、やけどの痕などをカバーする「リハビリメイク」を提唱し、医療の世界にメイクを持ち込んだ人である。

テレビや雑誌の美容ページでも活躍する華やかな人だが、一方で、四十八歳で大学院に入り、五十代になってから博士号を取って、大学病院などで患者さんにメイクを指導している。私は十年にわたってこの人の活動を取材してきた。

もともとはかづきさん自身が、生まれつきの心臓病のため、冬になると血流が悪くなって顔が真っ赤にむくむのがコンプレックスだったという。手術をして病気が治り、顔が赤くならなくなったのは、三十歳のときだった。

短大を卒業してすぐに結婚し、一度も外で働いたことのなかったかづきさんは、それから美容学校に通い始める。かつての自分と同じ悩みを持つ人のために、メイクを勉強しようと思ったのだ。

かづきさんは研究を重ね、さまざまなトラブルを抱える肌を驚くほど自然に見えるメイク法を編み出した。あざや傷をカバーするだけでなく、顔全体を若々しく元気に見せるメイクを開発し、トラブルのあるなしにかかわらず、多くの女性たちに喜ばれている。

近年ではがんや膠原《こうげん》病などの病気を抱える女性たちにメイクを指導する活動もしている。薬の副作用で、がんの場合は顔がやつれたり、眉毛や睫毛が抜けてしまったりするし、膠原病は顔が赤くなったり、むくんだりする。そのために精神的に落ち込んでしまう女性を、メイクで少しでも元気にしようとしているのだ。

そのかづきさんからこんな話を聞いた。彼女がメイクを教えている女性が、あるときこう言ったそうだ。

「先生、私がおばあちゃんになったときの顔って、どんなかな。見てみたかったな」

難病で、長くは生きられないとわかっている若い女性だった。彼女は歳をとった自分の顔を見ることができないと知っているのだ。

かづきさんは私に言った。

「女性なら誰だって、老けるのはいやだよね。でも考えてみたら、しわだらけ、しみだらけになるまで生きられるのって、幸せなことなのよね」

ほんとうにその通りだと思った。しわもたるみも、運よく（まさに運だ）この年齢まで元気に生きてこられた証拠なのだ。

五、六年ほど前になるが、夕方のテレビ番組を見ていたら、がんで亡くなった二十代の女性のドキュメンタリーをやっていた。婚約者が病室で撮ったビデオ映像の中で、彼女の顔がアップになったとき、その肌の若々しさに胸を衝かれた。苦しい病気と闘っているさなかでも、二十代の肌はやっぱりきれいだった。この人は、こんなにきれいな肌のままで死んでいったのか——そう思ったら涙が出た。

女の人は、きれいなまま死んではいけない。使い古した、しわしわのざらざらの肌になってから死ぬのがほんとうなのだ。若くして亡くなっていくことの残酷さと悲しさが、病に冒されてなお若々しい肌から伝わってきた。

化粧では隠しようのないたるみが目立つ顔を鏡で見る。「あーあ」と思う一方で、少し安堵している自分がいる。ともかくここまで生きてこられたことに感謝する気持ちになる。
私の女友達にも、老いの影のない顔のままで亡くなっていった人がいる。一応コンシーラーなど塗ったりしながら、彼女の分もしっかり老けてやるぞ、などと思ったりするのである。

顔の美醜ということにも、歳をとるにつれてあまり囚われなくなってきた。若いころは「もうちょっとキレイだったら人生が変わったのに！」などとよく思ったものだ。就職だって美人のほうが有利だし、なによりも恋愛（お見合いでもいいが）→結婚という局面で、美人は断然トクをする。

しかし、半世紀生きてみて、ほんとうに美人はトクなのか？　とも思う。まあ、個々の場面ではトクをするかもしれない。周囲から注目され、ちやほやされ、いい男もゲットできる。でも、美によって人生が左右される年代をほぼ過ぎたいま、まわりを見渡して、かつて美人だった人が幸せな人生を送っているかというと、そうでもないのである。ある年齢以上の人なら、「そうそう、そうなのよね」と同意してくれるのではないだろうか。

それでもほとんどすべての女性が美人をうらやましく思うのは、美しいという一点において「私は価値のある人間だ」と思って生きることができるからではないだろうか。つまり自己愛が満たされるのである。悲劇のヒロインの美女と、平凡な幸福をつかむ平凡な容貌の女性。いまの私なら断然、後者を選ぶが、若いころなら前者になりたいと思

った だろう。

けれども、自分に満足していられるという美人のメリットにも落とし穴がある。「醜形恐怖《しゅうけい》」という心の病があるのをご存じだろうか。自分が醜いと思い込んで、引きこもったり、整形を繰り返したりする。自殺率も高い。これまで思春期に特有の病気とされてきたが、最近、中年の女性の患者が増えているという。

この病になる人は実際には醜くなく、むしろ美しい人が多いそうだが、中年女性の場合それが顕著で、「昔はあんなにきれいだったのに、いまは老けて醜くなってしまった」という思いが引き金になることも多いそうだ。美しさをよりどころとしてきた人にとって、それが失われていくショックは、精神のバランスを崩してしまうほど大きいのだ。

何十回も整形を繰り返す中年女性が少なくないと医師への取材で聞いて、生まれてはじめて、美人に生まれなくてよかったと思ったものだ。「美人ほど早く老けるのよ」と言ったのは、この文章の前半で紹介したメイクの先生、かづきれいこさんだ。目が大きい人は、目のまわりに深いしわができるし、鼻が高いと、頬の肉が垂れ下がりやすくなる（「高い山でなだれが起きやすいのと同じ理屈」とかづきさん）。歳をとってもあまり老けず、若々しい顔を保っているのは、鼻が低くて目が小さい人なのだそうだ。なるほど、人生、意外と公平にできている。

ラジオデイズ

つけっぱなしにしていたラジオから、サイモン&ガーファンクルの『明日に架ける橋』が流れてきた。二〇一一年四月初旬のことである。なつかしいメロディ、あたたかく力強い歌声――。三月十一日以来、どこか緊張していた心身が、ふとゆるんだ。

しばらくして、ある雑誌から「元気になれる本、映画、音楽」というテーマでアンケートの回答依頼がきたので、この曲を挙げた。偶然ラジオから流れてきたというコメントをつけたら、担当の記者から、実は自分も最近、仕事帰りにタクシーに乗ったら、この曲がラジオから流れてきたというメールがきた。

同じ日に同じ番組を聴いたのか、それとも別のときにかかっていたのかはわからない。よく知られた名曲で、苦難のさなかにいる人を静かに励ますような内容なので、震災のあと、かかる機会が多くなっていたのかもしれない。

タクシーの中でたまたまこの曲を聴いたその記者も、疲れた心身にしみわたる感じがしたと書いていた。週刊誌の仕事だから、震災以来、激務だったに違いない。

私は自宅で、その記者はタクシーで、たまたま同じ曲を聴いたことになる。やっぱりラジオっていいなと、そのメールを読んで思った。

　震災から一か月くらい、本を読む気持ちになかなかなれなかった。音楽に関しては、聴きたい気持ちはあるのだが、これというものが思いつかない。自宅のCDの棚を眺めても、どれか一枚を選んでかける気持ちが起こらなかった。

　それでしばらく音楽のない生活をしていたのだが、その間、ラジオから流れてきた曲に心がなごんだことが、『明日に架ける橋』のほかにも何度かあった。

　ラジオというのは、どんな曲がかかるか事前にわからない。流れてくる曲との出会いは、あくまでも偶然のものである。家事や勉強や仕事をしているとき、ふと、思いがけない曲が流れてくる。その思いがけなさに、心が動く。忘れていた誰かを思い出したり、なつかしい場所が目に浮かんだり……。この偶然の邂逅《かいこう》が、ラジオの魅力なのかもしれない。

震災からしばらくの間、一晩中、ラジオをつけっぱなしにしていた。東京でも余震が続いていたので、一人暮らしの身としては不安だったのだ。情報源としてのラジオを今回あらためて見直したという人は多いだろう。私もその一人だが、つらいニュースや、地震の警報の合間に流れる音楽に、しばしば心が慰められた。

もともと私は、〝ラジオっ子〟である。中学生から大学生くらいまで、毎日ラジオを聴いていた。深夜放送が人気を博しているころで、番組あてにハガキもよく書いた。自分のハガキが、地元のラジオ局のＤＪにはじめて読まれたときのうれしさは忘れられない。一方、全国放送の番組は、聴いている人が多いぶんハガキの数も多いので難関だが、それを突破してハガキを読まれたことが一度だけある。一九七〇年代の終わりから八〇年代にかけて、ＮＨＫのＦＭラジオで、ミュージシャンの甲斐よしひろさんがＤＪをやっていた「サウンドストリート」という番組だ。

月曜から金曜まで、佐野元春さんや坂本龍一さんなどが日替わりでＤＪを担当していた人気番組だが、ハガキの数は、人生論を熱く語っていた甲斐よしひろさんが一番多かったという。そんな中でハガキが採用されたというのが、青春時代の私の自慢だった。

昨年の暮れ、その甲斐よしひろさんにインタビューをする機会があった。昔せっせとハガキを出していたのは、もちろんファンだったからで、いまでも甲斐バンドの曲はすべて歌詞を見ないで歌うことができる。

しかし現在の私は、コンサートで座席の上に立ちあがって警備員に注意されていたティーンエイジャーではなく、プロのインタビュアーでありライターである。つとめて冷静に取材をし、最後にひとこと、「十代のころからファンでした」と告げるにとどめた。

取材の後、甲斐さんの事務所のスタッフの人と話しているとき、つい、「昔、甲斐さんのラジオ番組でハガキを読まれたことがあるんです」と自慢をしてしまった。話の流れで「どんなことを書いたんですか」と訊かれたが、そこは言葉を濁した。何と書いたか忘れたわけではない。実は、読まれたハガキの内容は次のようなものだった。

「渋谷区じんなんの〝じんなん〟って、どんな字を書くんですか？」

渋谷区じんなん（＝神南）というのは、NHKの住所である。いつも番組の最後に「ハガキの宛先は、東京都渋谷区じんなん……」と、住所が読み上げられるのだが、地方に住んでいる身としては〝じんなん〟の字がわからない。いまのようにインターネットで調べることもできないし、田舎の高校生は東京都の地図など持っていなかった。やむを得ずハガキを出すときはいつも平仮名で書いていたのだが、それもどうかとあるとき思い、質問してみたのだ。

甲斐さんは「神《かみ》に南《みなみ》、と書きます」と言って、次の放送からは、N

HKの住所を言うとき必ず「じんなんは神に南ね」と親切に付け加えるようになった。私のハガキは東京を知らない全国の若者たちのお役に立つことになったわけだが、憧れのミュージシャンに読まれた唯一のハガキが「〝じんなん〟ってどんな字ですか」だったというのは、なんとなく微妙である。

もう少し何かこう、恋愛の話とか本の話とか音楽の話とか、そういうのでもよかったんじゃないか、と思うのは無理もないだろう。事実、そういうハガキもたくさん出していたし、文章を書くのは得意なつもりだったのだ。いまでも、〝じんなん〟のことを思い出すと、悔しいようなおかしいような気持ちになる。

ラジオに憧れた私は、大学生になると地元のラジオ局でアルバイトを始めた。番組の進行表を作ったり、事前の取材を手伝ったり。生放送の本番中には、ＣＭの秒数を計ったり、レコードやオープンリールのテープをかけたりもした。当時、ＣＤというものはまだなかったのだ。

レコードやテープは、「頭出し」と言って、ディレクターがボタンを押せばすぐに曲がかかるよう準備しておかなくてはならない。アナログの時代なので、すべて手動である。

レコードの場合は、プレイヤーの針を曲の冒頭の部分にまず合わせ、そこからレコード盤を逆に回転させて、四分の一くらい前に戻しておく。すると、スタートボタンを押した０・１秒後くらいにタイミングよく曲がスタートするのである。テープの場合も、手動でリールにテープをかけ、曲の冒頭を探して、そこから少しだけ逆回転させておく。間違えてレコードのB面をかけてしまったり、テープを裏返しにかけてしまったりと、生放送中にとんでもない失敗をしたこともある（ちなみにテープを裏返しにかけると、ひどくこもった音になる）。レコードもオープンリールのテープも使われなくなった現在ではありえないことだ。

……と思っていたら、オープンリールのテープに、三十年ぶりに再会した。東京都渋谷区じんなん――あのＮＨＫである。あるラジオ番組の中の本の紹介をするコーナーで、私の本をとりあげてもらえることになり、話をしに行ったのだ。

スタジオに入ってふと見ると、ディレクターやスタッフが指示を出す副調整室とよばれる部屋の隅に、オープンリールのデッキが二台並んでいた。ずんぐりした形がなつかしい。私のラジオデイズが一瞬、よみがえった。

いまはもうほとんど使っておらず、早晩なくなってしまうだろうということだった。その前にもういちどだけ触ってみたいと思ったが、言い出せずに帰ってきた。

思い出す人——東君平さんと森瑤子さん

仕事机のある部屋の窓は東向きで、満月のころになるとビルの間から月が昇ってくるのが見える。先日の満月の夜、気分転換に近所のコンビニに出かけた。見上げると、空の高いところに満月が浮かんでいる。何時間か前に窓から見たときはぼんやりとして大きかったのに、高く昇った月は、くっきりと小さい。雲ひとつない夜で、群青色《ぐんじょう》の空にぽつんと輝く月は、よく磨かれた金属のように見えた。

——なんだか画鋲《がびょう》みたいだな。

そう思ってしばらく歩いたところで、それが私の思いつきではないことに気がついた。昔、満月を画鋲にたとえた人がいたことを思い出したのだ。詩人で画家の東君平《ひがしくんぺい》さん。二十代前半のころ、私は彼の担当編集者だった。

新宿で原稿を受け取った帰り道、君平さんが、手のひらに載るくらいの小さなノートを見せてくれた。いつもポケットに入れておいて、詩や物語の断片が思い浮かぶとメモするのだという。いちばん新しいページには「満月は、夜空を留めておく画鋲です」という意味のことが書いてあった（正確な表現は思い出せないが）。なるほどと私が感心すると、「ね、いいところに気がついたでしょう」と得意そうに言った。

この画鋲は、小学校の掲示板で使われていたような、昔ながらの金属のものだ。白っぽい金色といい、冷たい質感といい、そういえば遠くで小さく光る満月に似ている。

「あれをはずすと、夜空がはらりと落ちてくるような気がしませんか」

そう言われた次の満月の夜に空を見上げると、確かに、夜空が一枚の大きな黒い画用紙で、それが月の画鋲で留まっているように見えた。

詩人というのは面白いことを考えるものだと、編集者一年生の私は思ったのだった。

東君平さんは、毎日新聞に長い間連載していた「おはようどうわ」や、数多くの絵本で知られる作家で、白と黒の切り絵に童話や詩を組み合わせた作品を作っていた。私が担当していたころは四十代の半ばだったと思う。天才肌だがその分気まぐれで、子供のようにわがままなところがあった。担当になって最初に会ったとき「あなたの担当する作家のなかで、僕をいちばん大切にしてください」と真顔で言われ、何と答えていいかわからなくて困った。

原稿の受け渡しはいつも新宿の飲み屋で、ゴールデン街に初めて足を踏み入れたのも、君平さんに連れられてのことだった。当時の君平さんは売れっ子で、奥さんと可愛いお嬢さんの家庭に恵まれていたが、どこか影があった。幼いころ父親が病死して一家は離散、十五歳のときからカメラ屋や新聞販売店に住み込んで働いたという話を本人から聞いた。やっと高校を卒業したのは二十三歳のとき。絵描きを目指していたが、美術の勉強をするお金はなかった。

「貧乏で友だちもいなくて、いつも下を向いて歩いてた。顔が地面にくっつきそうなくらい、うなだれて、うつむいて」

そんな恰好で歩いていたとき、ふと顔を上げると、街灯の金属の柱に「新宿」と書いてあった。誰かが釘かなにかで書いた下手くそな文字だった。「しんじゅく、しんじゅく……」口の中でつぶやいているうちに、「新宿」が「信じゆく」に思えてきたそうだ。少し元気が出て、それから新宿の街が好きになったという。

君平さんの担当をしたのは一年足らずだった。私はフリーランスのライターになろうと思って二十四歳で会社を辞めた。退職の挨拶に行ったとき「どんなものを書きたいの」と訊かれたが、答えることができなかった。書きたいものがないわけではなかったが、自信がなかったし恥ずかしかった。君平さんはそれ以上はきかずに、「ものを書く人になるのなら、筆を汚してはいけませんよ」と言った。

「お金がないときは、友だちに借金するか、男を騙《だま》しなさい。おかしなものを書くよりずっといい」

そのときは「男を騙せなんて、すごいこと言うなあ」と思っただけだった。文章を書いて生きることのきびしさと怖さを私が知るのは、もうすこし後のことである。

このときも会ったのは新宿だった。夕方、駅前で別れ、しばらくして何気なく振り返ったら、君平さんはまだこっちを見ていた。私が頭を下げると、いいからもう行きなさいというように手を振った。やさしい仕草だった。それが君平さんに会った最後で、半年後、君平さんは肺炎であっけなく亡くなってしまった。

これを書いているのは一月三日である。ここ何年か、年末年始になると、亡くなった人のことを思い出す。近しい死者ではなく、若い日につかのま関わりを持ち、強い印象を残した人たちだ。

普段は忘れているのに、年が改まるころになると、思いがけない鮮やかさでよみがえる。すると、急《せ》かされるように前へ進もうとしていた足がふと止まり、過去と現在が入り交じったような不思議な時間が流れはじめるのだ。

作家の森瑤子《もりようこ》さんにお会いしたのは、三十代の初めごろだった。ある企業のＰＲ雑誌でインタビューをしたのだ。森さんは恋愛小説の名手で、洗練されたファッションやライフスタイルに多くの女性が憧れた。女性雑誌のグラビアに毎月のように登場する華やかな人だった。

しばらくしてその企業が森さんに講演を依頼し、私もスタッフの一人として手伝うことになった。講演当日、森さんの話が終わって質疑応答の時間になった。最初に質問に立った中年の女性は、自分が母親に愛されず、いかにつらい思いをしてきたかを延々と語った。森さんには、母親との葛藤が原因で精神が不安定になり、カウンセリングを受けた体験を綴った本がある。質問者はそれを読んでシンパシーを感じていたのだろうが、それにしても話が長すぎた。

私は質問者の話をすぐ近くの通路で聞いていたのだが、心の中で「何なのこの人」とあきれていた。若くて生意気だった当時の私は、ちゃんとしていない人（と勝手に私が判断した相手）にきびしかった。「これじゃあ身の上相談じゃないの」と思い、森さんだってうんざりしているに違いないと思った。

その女性の長い話を壇上でじっと聞いていた森さんは「あなたの気持ち、よくわかります」と言って、自分の経験を話しはじめた。普通なら他人には言いたくないであろう母親との確執も率直に語り、質問者を励ました。

もう一人か二人の質問に答えた後、森さんは拍手に送られて会場を後にした。さっき質問した中年女性は通路沿いの席に座っていたのだが、その横を通るとき、森さんは彼女の肩にそっと手を置いた。

ほんの一瞬のことだったが、その仕草に込められたやさしさに私は衝撃を受けた。赤の他人（しかも当時の私から見れば〝困ったオバサン〟）に、こんなにあたたかく触れることができる人がいるなんて、と。あれは決して表面だけの仕草ではなかった。あの女性はどんなにか嬉しかったことだろう。

いまこの年齢になってわかるのだが、人生の中でふとすれ違っただけの相手にも、最大限のやさしさを与えることができる人が、少数だけれどこの世にはいる。森さんはまさにそんな人だった。

その後、何度か仕事でご一緒したが、初めてインタビューをしてから一年半後、がんで亡くなってしまった。まだ五十二歳だった。

森さんのことを思い出したのは、年末の銀座を歩いていて、前をゆく女性がお洒落な帽子をかぶっていたことからだ。帽子は森さんのトレードマークだった。帽子をかぶると目立つからいやなんです、と言う私を「だめだめ、お洒落は勇気よ！」と励ましてくれた森さんの声が、雑踏のなかでよみがえった。

忘れられない二匹の猫――吉本隆明さんの思い出

詩人で評論家の吉本隆明さんが亡くなった。戦後を代表する思想家といわれた方だが、いまの若い人たちには、小説家のよしもとばななさんのお父さんといったほうが分かりやすいだろうか。

私は二〇〇二年から二〇〇五年にかけて、吉本さんの本の聞き書きを、全部で三冊担当した。質問に答えながら語ってもらい、それを原稿にまとめるのだ。その間、編集者とともに何度もご自宅にお邪魔している。

謙虚であたたかい人柄で、私がお会いしたときは足腰がだいぶ不自由になっておられたが、帰りはいつも壁や手すりにつかまりながら、玄関まで見送ってくださった。

毎回、話が一段落すると、家の方がお茶を替え、ケーキを出してくださる。吉本さんは糖尿病をわずらっていたので、私たちだけである。なんとなく遠慮して手をつけないでいると、いつも「あのー、それ召し上がったほうがいいと思いますよ」と言ってくださった。佃島生まれの江戸っ子で、やや早口の下町言葉で話す人だったが、このときはちょっと照れたようにつっかえながらおっしゃるのが常だった。すすめる吉本さんのほうが遠慮しているような、独特の含羞《がんしゅう》の風情が忘れられない。

忘れられないといえば、インタビューの最中にこんなことがあった。いつも話を伺っていたのは一階の和室で、吉本さんが座る場所の斜め後ろに押し入れがあった。あるときその押し入れの襖《ふすま》が、誰もさわっていないのに、すーっと開いたのである。「えっ!?」と思って向かいの編集者を見ると、彼女も目を丸くしている。

吉本さんは気づかず、そのまま話を続けていたが、私たちはそれどころではない。心霊現象か？　とドキドキしながら押し入れを見つめていると、一瞬の間をおいて、襖の陰から大きな猫がトン、と飛び降りた。悠然と部屋を横切り、少しだけ開いていたドアから廊下へ出て行く。

そうか、猫だったのか。ほっとするような可笑《おか》しいような気持ちで、ドアの隙間に尻尾がするりと消えるのを見送ったのだが、吉本さんはその間、猫のほうを一度も見なかった。そのへんを猫がうろうろしているのは当たり前といった感じである。吉本さんは猫好きで、複数の猫が家を出入りしていた。

襖を開けることのできる猫というのは時々いて、以前、私が飼っていた猫もそうだった。布団の間にもぐりこんで昼寝するのが好きで、自分で襖を開けて押し入れに入る。爪の先をたくみに襖のへりに引っかけて開けるのだが、当然ながら閉めるということはしない。

吉本家の猫も、中に入ってから自分で閉めたというわけではなく、少し開いた状態になっていた襖を、家の人が中に猫がいると気づかずに閉めたのではないだろうか。猫はあわてず騒がず、ゆっくり昼寝をした後で、おもむろに襖を開けて出てきたというわけだ。

吉本さんからは貴重な話をたくさん聞かせてもらったが、訃報を聞いて思い出したのは、遠慮がちにケーキをすすめてくれたことと、襖を開けて出てきた、この猫のことである。


もう一匹、忘れられない猫がいる。

編集者になりたてのころに担当した、詩人で絵本作家の東君平さんのことは以前にも書いたが、その君平さんの家に初めて伺ったときのことだ。先輩の編集者に書いてもらった地図がどうにも分かりにくく(間違えていたことが後で分かった)、道に迷ってしまった。このままでは約束の時間に遅れることは確実だ。十一月の寒い日のことで、泣きそうな気持ちで歩いていると、後ろをついてくる猫がいる。

やがて日も暮れてきた。心細さがつのる中、猫は相変わらず私の後をつかずはなれず歩いている。小さな道連れに励まされ、勇気を出して何人かの人に道を聞いた。やっと目的の場所に近づいてきたかな、と思ったとき、猫が私を追い越してトットッと駆け出した。一軒の家の前にたどりつき、カリカリとドアをひっかく。

玄関の灯りがついて、中から男の人がドアを開けた。猫は当然のようにすたすたと入っていく。表札を見ると、そこが君平さんのお宅だった。

「あ、その猫……」

初対面の挨拶をするのも忘れて私が言うと、君平さんは「うちの猫です」と言った。

四十代で亡くなってしまった君平さんは、浮世離れした不思議な雰囲気の人で、私が働いていた雑誌の編集長だったやなせたかしさんは、よく「あの人は妖精か何かじゃないだろうか」とおっしゃっていた。

あの猫は、道に迷った私のために君平さんが迎えに寄越してくれたのだろうか。まさかとは思うが、君平さんならありえなくない気もする。

黒岩比佐子さんの遺作『パンとペン』

　ノンフィクション作家の黒岩比佐子さんが五十二歳の若さで亡くなった。膵臓がんの告知から一年、病と闘う中で『パンとペン――社会主義者・堺利彦と「売文社」の闘い』（講談社、二〇一〇年）を完成させ、刊行したばかりだった。

　黒岩さんとは、読売新聞の書評委員会で知り合った。ちょうど委員の入れ替わる時期で、一緒だったのは三か月間だけだったが、同業で同世代、若いころ編集プロダクションで仕事をしていたことも共通しており、互いに親しみの気持ちをもっていた。

一度、黒岩さんのマンションにお邪魔して、長時間語り合ったことがある。ノンフィクションは取材に時間と経費がかかるが、本はなかなか売れない。愚痴をこぼし合い、他所では言えない取材の珍エピソードを教え合い、プロの物書きになってから一番安かった原稿料（奇しくも二人とも一枚五〇〇円だった）を披露し合って、怒りながら笑った。

そのとき、いま堺利彦と売文社について書いていると話し、一九一四年に売文社が出した広告を見せてくれた。遺作となった『パンとペン』の表4のカバーに載っているものである。売文社は日本初の編集プロダクションで、あらゆる出版物の原稿制作と編集はもとより、翻訳、小説や論文の代作ほか、およそ思いつく限りの、ペンによって収入を得る業務を行っていた。すべては大逆事件後の弾圧下にあった同志たちの生活のためである。黒岩さんと私も、編集プロダクション時代にはあらゆる原稿を書いている。「私たちのルーツはここにあったんだね」と盛り上がった。

いま『パンとペン』を読みながら、あのときの黒岩さんとの時間を思い出す。身銭を切って蒐集《しゅうしゅう》した膨大な古書で埋まっていた本棚。堺利彦について話すときの熱のこもった声。彼女の調査・取材能力の高さはよく知られており、この本でも、新事実が数多く明らかにされている。徹底して資料に語らせているが、硬質で端正な文章の行間から、同志たちを殺された絶望から出発して、冬の時代をユーモアと楽天性で乗り切った堺利彦という人への共感がにじむ。

黒岩さんは厳しい闘病の中でこの作品を完成させ、読者の手に渡してから逝った。ペンをもつ人間にはこのような闘い方があるのだということを、この本のページを開くたび、堺と黒岩さんの二人から教えられる。

児玉清さんのこと

俳優の児玉清さんが亡くなった。葬儀には関係者だけではなく、一般の人たちがおおぜい訪れ、最寄りの駅まで長い列ができたそうだ。葬儀が行われた寺院の近くにはいくつかの出版社があるが、ある編集者は「あんなに人があふれたのは、尾崎豊のお葬式以来じゃないかな」と言っていた。若い人が多いのが印象的だったという。

死去が報道された日から、ツイッター上には若い人たち追悼の言葉が次々に書き込まれた。木村拓哉さんや福山雅治さんが主演するドラマに出演していたことや、亡くなる直前までクイズ番組の司会者として活躍し、若手のお笑い芸人による物まねで話題になったこともあるだろう。だけどそれだけではなく、若者をひきつける魅力が、七十七歳の児玉さんにはあったと思う。

よく知られているように、児玉さんは芸能界随一の読書家だった。児玉さんが十八年間にわたって司会を務めたＮＨＫ衛星放送の「週刊ブックレビュー」という番組があるが、実は私もこの番組の司会を二年間だけ担当していた。

司会者は四人いて、週替わりで出演するので、普段は顔を合わせる機会がないが、年に一、二回、全員が一堂に会する特番がある。地方での公開録画もあり、そんなときはスタッフの人たちも一緒に食事をしたりお酒を飲んだりした。

私は二十代、三十代と雑誌のライターをしてきたので、数え切れないほどの芸能人を取材しているが、こんなに芸能人っぽくない人に会ったのは初めてだった。かといって知性をひけらかすでもなく、若い人にお説教したりもしない。お酒が入ると茶目っ気のある冗談が増えて、少年っぽさがのぞいた。

番組を通してのそうしたおつきあいとは別に、じっくり話をうかがったことが二回ある。一度目は二〇〇九年の夏、私が『昭和二十年夏、僕は兵士だった』という本を出したときだった。ある雑誌で刊行記念の対談をすることになり、その相手をお願いしたのだ。

対談場所にひとりで現れた児玉さんは、鞄の中からゲラのコピーの束を取り出した。ゲラとは、印刷前に著者や編集者が赤字を入れる校正刷りのことである。この時点ではまだ本ができておらず、児玉さんにはゲラのまま読んでもらったのだ。

ゲラは、本になったときの見開き二ページ分が、一枚の大きな紙に刷られている。かさばる上に重たく、相当読みにくかったはずだが、児玉さんが手にしているゲラの束には、付箋がたくさんついていた。傍線や書き込みがあるのも見え、丁寧に読んでくださったのだとうれしかった。

そのうれしさは、対談が始まると驚きに変わった。読みの丁寧さが尋常ではないのだ。私の本は、水木しげるさんや三國連太郎さんなど、若い兵士として戦争を戦った五人の人たちから話を聞いて書いたものだった。児玉さんは、そのひとりひとりの経験について、どこに心を打たれ、そこから何を考えたかを語っていく。私の話にも熱心に耳をかたむけてくださった。ときには文章の一節を読み上げて「この部分がよかったなあ」などと、しみじみおっしゃる。

対談は三時間に及んだ。多忙な身にもかかわらず、一冊の本にこれほどのエネルギーを注ぐその姿勢に、感謝を通り越して圧倒されてしまった。しかもこれは、俗な言葉で言えば「頼まれ仕事」である。愛読する作家の新刊でもなければ読書界で評判になっている本でもなく、あくまでも私と出版社に依頼されて読んだ本なのだ。

対談を終えてもっとも強く心に残ったのは、児玉さんが醸し出していた「あなたのための時間はいくらでもありますよ」という雰囲気だった。一年後、児玉さん自身の戦争体験についてインタビューしたが、そのときも同じ感想を持った。こういう人は決して多くない。

現代人は時間にケチである。自分の時間を他人に与えることを惜しむ。人と会っていても、頭の隅で次にすることについて考えていたりして、いつも少しだけ、気が散っている。そういうとき、相手は「この人は〝いま〟という時間のぜんぶを自分のために使ってくれていないな」と敏感に気づいてしまう。

なぜかは分からないけれど、一緒にいると気持ちがいい人がいる。何を話したというわけでもないのに、会った後に充実感が残る。それはその人が、目の前にいる相手に、そのときの自分のすべてを惜しみなく差し出しているからだと思う。

児玉さんもそんな人だった。本当は忙しいはずなのに、人と相対するときの「構え」が常にゆったりしていて、先を急ぐ気配がみじんもない。自分の人生をケチらないのである。

そうした雰囲気は、テレビの画面を通しても伝わるものだ。若い人たちが児玉さんにひかれたのも、あの「構え」のせいなのかもしれないと思う。現代人、とくに若者たちは、あんなふうに自分を受けとめてもらいたいと、潜在的に求めているのではないだろうか。

私はノンフィクション作家という仕事柄、インタビューのコツについて聞かれることがある。よいインタビューとは何なのか、いまもってよく分からないが、対話ということでいえば、大切なのは「目の前にいる人に惜しみなく自分を差し出すこと」ではないかと思う。

　児玉さんは対話のできる人だった。俳優としての活躍は才能と努力のたまものだったろうが、対話する力は、その人間性によるものだったと、いまあらためて思う。

Ⅲ　ごんぎつねと「ヘイ　ジュード」――家族アルバム

地図が好き

夜、眠れないときは、地図を開いて眺めることがある。何かの折にそう言ったら、女友達が、異星人を見るような目つきになった。

「地図ぅ？　なんで地図なの？」

「なんとなく心が休まるというか……ずっと見ててもあきないし」

「それってヘンだよ。絶対変わってる」

地図の好きな女がこの世に存在するなど信じられないという。そういう彼女はすぐ道に迷うタイプで、いっしょに旅行に行くと、地図をグルグル回して「ねえ、私たち今、どっち向いてるわけ？」と必ず訊く。そのうちに彼女自身が、地図を中心にグルグル回り出す。いわゆる〝地図の読めない女〟である。

自慢じゃないが、私は地図を読むのが得意だ。仕事柄、取材で初めての場所を訪ねることが多く、必要に迫られて読めるようになったこともあるが、もともと、なぜか地図というものが好きなのである。

三十五歳のとき、父と初めて海外旅行をした。行き先はトルコである。

行きの飛行機の中で、仮眠をとっていた私がふと目を覚ますと、隣の父が、目の前の小さなテレビ画面をじっと見ている。映画でも見ているのかと思ったら、そこに映し出されていたのは地図だった。国際線のテレビには、たいてい地図のチャンネルがある。経路を示す矢印の先端に小さな飛行機の絵がついていて、現在の位置がわかるようになっている。地図の縮尺は、一定の間隔をおいて大きくなったり小さくなったりする。普通の乗客なら「今どのあたりを飛んでるのかな」と思ったとき、たまに見る程度だろうが、父はそのチャンネルばかり、ずっと見ている。

「お父さんって、もしかして地図が好きなの？」と訊くと、画面を向いたまま「おう」と言って頷《うなず》いた。

ひょっとすると、とそのとき思った。この人とは何一つ似ているところがないと思っていたが、私の地図好きは、父譲りなのだろうか。

昭和三年生まれの父は、十五歳のとき、陸軍少年飛行兵学校に入校している。在校中に戦争が終わり、実戦経験はない。

その学校では、機上から地面を見て地形や主要な建物を把握し、簡単な地図を描くという訓練（飛行機が足りず、映像を見てのシミュレーションだったそうだが）があり、父はそれが得意だったのだという。

「あれはなかなかなあ、難しいもんなんだぞ」

父がそんな話をするのを、そのとき初めて聞いた。

窓から地上を見ると、さっきまで真っ暗だったロシアの大地の上に、町の灯りが見えていた。

「お父さんお父さん、ほらあの町、どこだろう」

「ちょっと待て。この地図でいくと……。キエフ、じゃないか？」

通路寄りに座っていた父も、身を乗り出して窓の下を見る。

「お、すぐ隣にも、まあまあ大きい町があるじゃないか。あの町はどこになるんだ」

「どこなんだろ。あーこのテレビ地図、もっと詳しかったらいいのに」

父とこんなに話が盛り上がったのは初めてのことで、以来、私たちは「地図好き」というひそかな絆《きずな》で結ばれている。ちなみに母と二人の姉は、地図をグルグル回す種類の女たちである。

老父と娘の旅

父と行ったトルコ旅行は、十日間のパックツアーだった。参加者は三十人ほどで、ほとんどが五十代後半の夫婦。子供が手を離れ、夫婦二人の時間を楽しもうという人たちである。六十九歳の父親と三十五歳の娘の二人旅というのはやはり珍しいらしく、初日からいろいろな人に声をかけられた。

「父と娘で海外旅行ですか。いいですなあ。うらやましい」

父は調子に乗って「定年退職後、ぶらぶらしていたら、身体が動くうちにと、娘が誘ってくれましてね」などと答える。するとたいていのご主人は、「うちの娘は僕が退職したとき、そんなふうに言ってくれるかなあ」と、しみじみとした口調でおっしゃる。横で奥さんが「むりでしょうねえ」とため息をつく。

そのうちに、私はすっかり孝行娘ということになってしまった。いろいろな人から「えらいわねえ」「お父さんはお幸せね」と話しかけられ、みなさん記念写真を撮ってくれたり、ホテルのバーでおごってくれたりする。中年の女性添乗員までが「お父様を見ていると死んだ父を思い出して……私の分も親孝行してくださいね」と言って、一枚千円の集合写真をタダで二枚くれた。

実はこのツアーには同い年の友人も参加していた。彼女は母親づれである。もとはといえばこの旅は、夫を亡くして間もない母親を元気づけようとした友人が言い出したものだった。私は前からトルコに行ってみたかったので「じゃあ私はお父さんでも誘おうかな」と乗っかったのだ。友人は十日間家を空けることで、だいぶ夫に気をつかったようだが、こちらは独り身なので気軽である。

なのに、彼女をほめる人はほとんどいない。みなさん「あ、そう」という感じである。『老母＋嫁いだ娘』の旅よりも、『老父＋嫁《い》き遅れの娘』の旅の方が、中高年男女の心に訴えるものがあるらしい。

しかし、母親との旅よりも、父親との旅のほうが、実は何倍もラクである。男親は旅慣れしていないので、その分、文句が少ない。そもそもあまり会話が成立しないので、けんかにもならない。

遺跡見学でずいぶん長く歩いた日があった。途中で私が「足が痛い」と言うと、父は「そうか、大丈夫か」。しばらくたってから「あんまりひどくなったら言えよ」。それだけである。

一方、友人とその母の会話はこうなる。

友人「いつまで歩かされるんだろう。あーもう疲れた」

その母「あんた、その靴が悪いのよ。旅行にはもっと歩きやすい靴じゃないと。あんたはカッコばっかりつけて、そんなヒールのある靴を履いてくるから。ほら、前にハワイに行ったときもそうだったじゃない……（以下続く）」

昼食に二日続けて脂っこいチーズグラタンが出てきたとき、友人の母は「やっぱり安いツアーだから食事がまずいのかしら」とつぶやき、ついにキレた彼女と大喧嘩になった。

私が母と旅行しても、おそらく同じようなことになったと思う。母親との旅は、三十代の娘にとってストレスが大きいのである。それに比べ、老父との旅は、意外とラクな割に、評価が高い。全国の嫁き遅れのみなさん、一度いかがですか。

猫を抱いた父

一緒に旅をして、いままで知らなかった父を発見した。イスタンブールの街角で靴磨きのおじさんにタバコをねだられ、並んで一服している姿を少し離れたところから見ていると、まるで知らない人のように見えた。

エフェソスという遺跡の町で、神殿の柱の陰に一匹の子猫がいた。足元にまつわりついてきたその猫を、父は抱き上げた。父が猫に触るのを見たのは初めてである。

「おれは子供の頃、いつも猫と寝ていたんだよ」

喉《のど》を撫《な》でながら言う。初耳だった。そういえば父は幼い頃に母親を亡くしている。子供時代の父の姿を、初めて想像してみた。猫を抱いてひとりで眠る幼い男の子が目に浮かんだ。

当時六十九歳の父は、オリーブ油とチーズがたっぷり使われたトルコ料理を毎食残さずたいらげ、日本食が食べたいとは一度も言わなかった。観光地の駐車場で、子供たちが次々に絵葉書を売りに来ると、黙って同じものを何セットも買い、バスの窓から見えなくなるまで手を振った。

父は陸軍少年飛行兵学校にいたときに戦争が終わり、戦後は自衛官になった。娘の目から見ると、ただただ謹厳実直で面白みのない人だった。けれども旅の時間の中では、違う顔が見えた。三十代も半ばになるまで、私は父のことをほとんど知らずに来たことに気がついた。

子供の頃から、父とのコミュニケーションはあまりなかった。完全な放任で、学期末に通知表を見せろと言われたことさえない。躾《しつけ》に類することも、小学生のとき食事中に肘をついて叱られた記憶があるくらいで、正直に生きよとか、人には優しくしろなどという人生訓めいたものを口にするのを聞いた覚えもない。進学や就職のときもアドバイスはなかった。

自由な半面、あまり期待されていないんだなあと、少し寂しい気持ちで育ってきた。一対一で五分以上話したことはおそらくないと思う。

いま思えば、子供と会話する語彙《ごい》をもたない人なのかもしれない。

帰りの空港のロビーで、父が長椅子に座ってタバコを吸っていると、若い男が近づいてきた。私は少し離れたコーヒースタンドにいたのだが、怪しげな団体が寄付をねだりにきたのだと思った。海外の空港で、そういう経験をたくさんしていたからだ。海外旅行は初めてで英語もわからない父は、いいカモである。

声をかけられた父は、吸っていたタバコを灰皿で消し、姿勢を正して、隣に座った相手に向き直った。男は手にクリップボードを持ち、何事か質問している。彼が去って行った後、父に「何だったの」と訊くと、空港の使い勝手についてのアンケートを取りにきた職員だという。

「きちんとした青年だったよ。片言だけど日本語もできた」

私だったら、用件を聞く前に追い払っただろう。見知らぬ男に、礼儀正しくタバコを消して向き合った父の姿に、旅慣れたつもりで、いつのまにか傲慢になっていた自分を反省した。

その後も父と何度か旅をした。少しずつ、ひとりの男性としての父が見えてきた。私が父を再発見できる歳になるまで元気でいてくれたことを、ありがたく思う。

ふたごの絆

散歩コースにしている近所の遊歩道で、ふたごの赤ん坊を連れた母親を見かけた。シートを横に二つくっつけた形の、ふたご用のベビーカーに並んでおさまった二人は、機嫌よさそうにニコニコ笑っている。すれちがった後、私もしばらくの間ニコニコしてしまった。

小学生のころ『ふたりのロッテ』を読んで、ふたごに憧れたことがある。エーリッヒ・ケストナー作の少年少女向け小説で、両親が離婚したために別々に育ったふたごの姉妹が偶然再会し、協力して両親を仲直りさせ、四人家族に戻ろうとする話だ。

姉妹だけど同い年で、親友のようなロッテとルイーゼの二人がうらやましかった。自分とそっくりの女の子がこの世にもう一人いるという不思議さにも心をひかれた。

実は私の母親もふたごである。ただし男と女のふたごで、二卵性双生児だから、顔がそっくりなわけではない。

母が生まれたのは昭和九年。もう八十年近くも前のことである。母によれば、母とふたごの弟が生まれたとき、周囲はどちらかを里子に出すよう祖母に勧めたという。

いっぺんに二人も育てるのが大変だということもあるが、当時の母の田舎では、男女のふたごは縁起が悪いとして嫌う考え方があったのだ。おそらく、めったに生まれることがなかったからだろう。いまではちょっと考えられないが、そうした考え方をする地域はほかにもあったようで、「普通」からはずれる存在を嫌う迷信といえる。

しかし祖母は、絶対に二人とも手放さないと頑張った。おかげで母は、ふたごの弟といっしょに育つことができたのだった。ただ、何かも弟と同じというわけにはいかなかった。母の生家は貧しい農家で、そのうえ子だくさん。ふたごの弟を別にして、弟妹が六人もいた。母はその子守りをしなければならず、学校を休みがちだったという。

昔の家だから男の子を大事にする。ふたごの弟は毎日普通に学校に行っているのに、母にはそれができなかった。赤ん坊をおぶって、校庭から窓越しに授業を眺めたこともあったそうだ。

中学校を卒業すると、母は福岡の紡績工場に就職して寮で暮らすようになる。ふたごの弟は名古屋で大工の修業をした。やがてそれぞれの地で家庭を持つ。母は夫の転勤で札幌に引っ越し、弟はそのまま名古屋で大工として独立した。そう簡単に行き来できる距離ではなく、姉弟は以後、数年に一度しか会うことがなかった。


母のふたごの弟、つまり私の叔父が肝臓がんに冒されていることがわかったのは、五十歳を少し過ぎたころである。がんはすでに進行しており、病状はきびしいものだった。

叔父が最後に入院したとき、母は名古屋まで看病に行った。結局、叔父が亡くなるまで一か月以上そこにとどまった。

当時の両親は、三人の子供がみな独立し、二人暮らしだった。父は家事がほとんどできないが、文句を言わず一か月も一人で暮らしたのは、母と叔父の間には特別な絆があるとわかっていたからだろう。母はいつも「ふたごは特別なんだよ」と言っていた。ほかのきょうだいとも、夫や子供とも違うつながりがあるのだという。

末期がんの痛みに苦しむ叔父を前にして、母は辛かったろうと思う。痛みをやわらげるケアがいまほど普及していないときである。はげしい痛みのためベッドの上であばれ、点滴の針が何度もはずれてしまったことがあった。家族が懸命になだめ、手足を押さえたが静まらない。見かねた母はベッドに上がり、叔父の身体を背中から抱いた。すると叔父は、ふっと力を抜き、静かになったという。

「母ちゃんのお腹の中でも、私たち、こうしていたんだろうかねえ」

母が叔父にそう話しかけると、叔父はだまって涙を流したそうだ。

それから数日して叔父は亡くなった。葬儀を終えた母は、札幌の自宅に帰る前に、東京で一人暮らしをしていた私のアパートに泊まった。全身から生気が失せ、それまで私が見たうちでもっとも深く落ち込んでいた。

夜、並べて敷いた布団で母が言った。

「人はみんな、死んでしまうんだねえ。あんなふうに死んでしまうなら、何のために生きてるんだろう」

こんなに後ろ向きな言葉を母から聞いたのは、後にも先にもこのときだけである。母は当時すでに自分の両親を亡くしていたが、悲しみ方はそのときの比ではなかった。分身のような弟が、まだ五十代で苦しみながら死んでしまったことが、よほどショックだったのだろう。

電気を消した暗闇の中でじっとしていた母は、しばらくして「シンゴみたいな子も、いつかは死んでしまうんだねえ」とつぶやくように言った。シンゴというのは私の姉の子供で、母にとっての初孫である。当時五歳か六歳で、かわいい盛りだった。

孫を引き合いに出したのは、母が孫を溺愛しているからだろうと当時は思ったが、もしかすると幼いころの弟を思い出し、孫の姿に重ね合わせていたのかもしれない。

中学卒業後、別々の土地で働きはじめた母と叔父は、十五年間しか一緒に暮らしていない。母にとっての弟は、何十年たっても、「男の子」のままだったのではないだろうか。

母が中学卒業までを暮らした土地に、先日、はじめて旅をした。ある雑誌から、九州をローカル線で旅して紀行文を書かないかという話が来たのだ。宮崎県にある母のふるさとに行ってみたいと思って引き受けた。

子供のころに祖父母の家に遊びに行ったことはあるが、そこは母が生まれ育った土地ではなく、のちに引っ越したところで、私は母のふるさとに行ったことがなかった。母が生まれたのは、鹿児島県の吉松《よしまつ》と宮崎県の都城《みやこのじょう》を結んで走る吉都線《きっと》というローカル線の沿線の町である。

吉松駅から一両編成のワンマンカーに乗った。国鉄の車両を改造した、昔なつかしいディーゼル車である。母のふるさとである小林の駅に着くと、地元の高校生たちが反対方向の列車を待っていた。ホームでしばし彼らとおしゃべりをする。卒業したら東京で暮らしてみたいという女の子。地元で就職するという男の子。福岡の大学を目指している子もいた。

番地をたよりに、かつて母の生家があった場所を訪ねると、いまは別の家が建っていた。都会育ちの私は、一度も行ったことのない母のふるさとをただの田舎と思っていたが、そこは思いがけず美しい土地だった。

刈り入れ直前の黄金色の田んぼがどこまでも続き、その向こうに霧島連山がそびえている。この景色を見て母は育ったのだ。なんとなく嬉しくなり、記念に道端の小石をひとつ拾ってポケットに入れた。

小林駅に戻り、都城行きの列車を待つ。こんどは二両編成でやってきた。車両の最前部に陣取って、運転士さんの横にある窓から、前方に伸びる線路と、後方に流れ去ってゆく景色を眺める。

列車が走り出すとすぐに、駅構内の線路の分岐が見えてきた。分岐して左右に分かれていくレールにロマンを感じると言った人がいたが、たしかに「分かれ道」というものを、こんなにくっきりと見せてくれるものはほかにない。

福岡に就職した母も、かつてこのホームから旅立ったのだ。そして、母のふたごの弟も。

二人ともたったの十五歳だった。それからたくさんの時間が流れ、姉弟は二度とこの町で暮らすことはなかった。

そんなことを考えながら列車に揺られていると、何だかしみじみした気持ちになってくる。今晩あたり母に電話して、昔の話を聞こうと思った。

いちばん古い記憶

もっとも古い記憶は、ご飯茶碗が誰かの手からすべり落ち、かちゃんと割れる情景である。不思議なのは、その場所が台所やリビングではなく、玄関の三和土《たたき》であることだ。

この記憶は、中学生くらいまで、ふとした折に映画のワンシーンのようによみがえってきた。どんな状況だったのかが分かったのは、大学生になってからである。たまたま母にこの話をしたら、びっくりした顔で「へえ、あんた憶えてるの」と言う。「それ、Mちゃんのお葬式よ」

三歳の頃、近所のおない年の男の子が肺炎で亡くなった。子どもを葬式に連れて行くのはためらわれたが、その子と私がたまにいっしょに遊んでいたこともあって、母は出棺のとき、私の手を引いてその家に行った。家の中には入らず、棺が出てくるのを玄関先で待ったという。せめて見送りだけでもと思ったのだろう。母によれば、そのとき親族が、Mちゃんが生前使っていたご飯茶碗を玄関の三和土に落として割ったのだという。

「儀式みたいなものね。子どものお葬式には、そういうことをする慣習があったんだと思う」

ずいぶん後になって、民俗学関係の本で、この風習のことに触れている記述を見つけた。出棺のときに玄関でご飯茶碗を割るのは、故人の魂が行き迷って家に戻ってこないようにするためで、子どもの葬式に限らないようである。ここにはもうお前の食べる飯はないよ、だから迷わず成仏しなさい、と死者に言い聞かせる儀式ということなのだろうか。

Mちゃんと遊んだことは、まったく憶えていない。けれども、茶碗が三和土に落ちて割れる映像は、長いこと目に焼きついていた。葬式の情景は、子どもの心に、大人が考えるよりずっと強烈な印象を残す。

この三歳のときを別にすれば、葬式を初めて経験したのは、中学二年生の冬である。同級生の女の子の母親が亡くなり、学級委員だった私は、担任の先生に連れられて、クラス代表で参列した。隣町の小さな寺だった。お堂は隙間風が吹き込んで寒かった。足のしびれを我慢して読経《どきょう》を聞き、緊張しながら生まれて初めて焼香をした。家族が故人と最後の別れをし、棺の蓋が閉められる。棺に釘を打つのには、金槌《かなづち》でも木槌でもなく石を使うのだと、そのとき知った。

私と同じ制服を着た同級生の、寒さでうす赤くなった手が、灰色の平たい石をぎゅっと握りしめていた。その石が釘を叩くガッ、ガッという音が耳に残り、その夜は眠れなかった。帰りに先生が鮨《すし》をご馳走してくれたのだが、何だか喉につかえて食べづらく、お茶ばかり何杯もおかわりをした記憶がある。

儀礼的に参列した葬式でも、こんなふうに動揺したのだ。子どもが犠牲になった事故や事件で、葬儀に同級生らしい子たちが大勢参列しているのがテレビに映ると、落ち着かない気持ちになる。人の死に初めて直面する子が多いことだろう。次々と葬儀場に吸い込まれていく小さな背中を見ると、あの子たちの記憶に、この日の情景がどんな形で刻まれるのだろうかと思わずにいられない。

ももはなえんぴつ

東北新幹線が新青森まで開通したので、この年末年始は陸路で帰省した。実家は札幌である。新幹線を含めて三つの特急を乗りつぎ、所要時間はおよそ十時間。鉄道が好きなので、少しも苦にならない。マニアックな鉄道ファンではない。乗っている時間が、ただ好きなのである。規則的な揺れや、ビロードを安っぽくしたような座席、窓を流れる景色。それらにつつまれていると、不思議な安心感がある。

なぜだろうと思っていたのだが、最近になってその理由に思い当たった。五歳のとき、生まれ故郷の熊本市から、父の転勤先の札幌市まで、鉄道で移動しているのだ。昭和四十一年のことである。

先日、故郷の思い出についてインタビューを受ける機会があり、幼いころに九州から北海道に引っ越したことを話した。どうやって移動したのか尋ねられ、鉄道でと答えると、それはまた大旅行でしたねと言われた。新幹線はまだ新大阪―東京間しか走っていない時代に、一家五人が列車を乗りついで、日本をほぼ縦断したのだから、確かに大旅行である。

道中の記憶はほとんどないが、寝台車で眠ったことをかすかに憶えている。背中に感じた振動の記憶が身体に残っているのだ。家族揃っての大旅行に、幼い私は気持ちをはずませていたに違いない。だから列車の振動は幸福な記憶と結びついているのだろう。

季節は夏で、小学生だった二人の姉と私の三姉妹は、お揃いの服を着せられていた。白いボレロのついた紺色のワンピースで、母の手作りである。旅行にはよそ行きを着て出かける時代だった。

当時の両親は三十代である。まだ収入も少なく、一家揃っての大移動は大変だったろうが、若い両親と物心がつきはじめた子どもたちという組み合わせは、家族のいわば青春期である。きっと全員がエネルギーにあふれていたのではないだろうか。両親にとっても懐かしい時代のようで、私が小学生のころ、母は札幌駅のホームを見下ろす陸橋を渡るとき、決まって「私たち、あそこに着いたんだねえ、熊本から」と言って、少しの間立ち止まった。

自分を育んでくれた土地は、大学卒業まで暮らした札幌だと思っていたが、最近、熊本にいたころの情景が、思いがけないあざやかさでよみがえってくることがある。ここ数年、講演などで訪れる機会が増えたせいもあるのだろう。

生まれてから五歳まで住んでいた場所を訪ねてみたのは三年ほど前のことだ。周囲の様子はずいぶん変わっていた。だが人間の記憶のメカニズムは不思議なもので、目の前の景色が頭の中にあるイメージと違っていると、「あれ？　以前はこうだったはず」と思い、それをきっかけに、忘れていた細部までが急に思い起こされることがある。

台風が来ると戸や窓に釘で板きれを打ちつけていた木造の古い家の跡には、サッシ窓のこぎれいな家が建っていた。その家の塀から柿の枝が張り出しているのを見て、「昔は柿の木なんかなかったよなあ。柿じゃなくて……なんだっけ？」と思った瞬間、四十数年前のわが家の庭がよみがえった。

当時、庭にあったのは、柿ではなく桃の木だった。春になると、幹から分かれた太い枝の先に、細くてまっすぐな小枝が伸び、そこに濃いピンクの花が咲いた。小枝はちょうど鉛筆くらいの太さと長さで、私は父にそれを折ってもらい、「ももはなえんぴつ」と名づけて、何をするときも手に持っていた。すでに小学校に上がっていた姉たちの持っている鉛筆がうらやましかったのだ。

札幌に引っ越し、幼稚園に入るまで、私は字が書けなかった。熊本時代は、おそらく字というものがこの世にあることもわかっていなかったのではないか。鉛筆の用途も実は知らなかったと思う。その後、文字を覚えてからは本に夢中になり、思春期から活字漬けの生活を送るようになるのだが。

熊本時代と札幌時代は、文字を知らなかった時代と知ってからの時代にそれぞれ対応している。歳をとるごとに熊本時代の思い出が輝きを増すのは、読み書きと無縁だった時代が一種のユートピアだったからかもしれない。見て、聞いて、さわることで、世界と全身で知り合っていった日々を、文筆を生業《なりわい》として暮らす現在の私は、遠く見惚れるのみである。

あっぱれなほど教育に不熱心で、就学前の子どもに文字を教えようなどと思いもしなかった両親に、いまとなっては感謝している。

父とスキーと靴の紐《ひも》

先日の大雪で、スキー場の雪不足がやっと解消されたようだ。私は北海道育ちだが、一度だけ本州のスキー場で滑ったことがある。札幌の大学を卒業して東京に就職した年のことだ。

たしか山梨県のスキー場だった。雪はシャーベット状で、ところどころ土が露出していた。あの冬も雪不足だったのかもしれないが、北海道のパウダースノーしか知らない私はショックを受けた。一緒に行った東京育ちの友人たちが平気で滑る中、私一人が立ち往生し「北国育ちなんだから、もっとうまいと思っていたのに」と言われて悔しい思いをしたのを思い出す。

北海道では小学校に上がるとスキーの授業がある。もっと幼い頃から滑っている子がほとんどだが、自衛官だった父の転勤で九州から引っ越してきた私は、小学校に入るまでスキーを履いたことがなかった。小学校一年生の冬、スキー授業が始まる直前の日曜日に、父が近所の山に連れて行ってくれた。経験のない私を心配して、少し手ほどきをしておこうと思ったのだろうが、ゲレンデに出る前からつまずいた。スキー靴の紐が結べないのである。

当時（四十年以上前になる）のスキー靴は、革製の編上げ靴だった。

途中まで紐の掛かった固い革靴をぐっと広げて足を入れ、ホックに紐を交互にかけていく。最後に余った紐を足首にぐるぐる巻き付けてから、ほどけないようにきっちり結ばなくてはならない。手袋をはめたままではやりにくいので外すと、すぐに指先がかじかんで動かなくなる。

結局、履き方と脱ぎ方を練習するだけで日が暮れてしまい、肝心の滑りの練習はほとんどできなかった。心配になってべそをかく私に、父は言った。とにかくスキーをちゃんと履く。そしてゲレンデに立つ。それさえできれば、あとは転ぼうが笑われようが、そんなことは何でもない。そのうち滑れるようになるさ。

スキーという北国のスポーツに戸惑い、不安だったのは、おそらく子供の私だけではなかった。北海道の自衛官は、スキーができることが絶対条件である。九州で生まれ育った父は、四十歳近くになって北海道に転勤になり、初めてスキーを履いた。同僚と同じレベルまで滑れるようになるのに相当苦労したらしいことを、後になって知った。

小一の私に手ほどきをしてくれたとき、父はスキーを始めてまだ二回目か三回目の冬だったはずだ。スキー授業が不安でべそをかく私にかけた言葉は、自分自身に言い聞かせる言葉でもあったのかもしれない。

小学校ではひと冬に一度か二度、スキー遠足というのがあった。学年全員で大きなスキー場に行き、昼食をはさんで朝から午後まで滑る。その前夜はいつも、父がストーブの傍らでスキー板にワックスを塗ってくれた。当時の板は木製で、裏にワックスを塗っておかないと雪がくっついて滑らなくなった。

スキーワックスは固形で、匂いも質感もクレヨンに似ていた。大きさは煙草《たばこ》の箱くらいだったろうか。数種類ある中から、雪の状態に合わせて選ぶ。新聞で翌日の気温や湿度をチェックしながら、慎重に何種類かのワックスを塗り重ねていく父。その横で私は、スキー靴の紐を結んではほどく練習をしていた。あの頃の冬は、時間がゆっくり流れていたなと思う。

自衛隊のアトム

小学生の頃、自衛隊の中を通って通学していた。札幌市郊外の駐屯地である。住んでいた団地と小学校の間に敷地が広がっていて、迂回《うかい》するとかなり時間がかかる。そこで小学生は学校の行き帰りに限り、中を通ってよいことになっていた。ランドセルが通行証代わりである。

表門から裏門まで、まっすぐ歩けば五分足らずだが、学校帰りにはよく何十分も道草を食った。駐屯地内をこっそり探検するのだ。子供ながら心得ていて、偉い人がいそうなところや叱られそうなところには近づかない。そういうところは建物自体が何となくいかめしい感じがするのでわかる。もっぱら売店や食堂のあるエリアや、若い自衛官の宿舎があるエリアをぶらぶらしていた。

低学年の頃の最大のお目当ては、敷地内にたくさんあったコカ・コーラの自動販売機だった。買って飲むのではない。王冠が欲しかったのだ。

その頃（昭和四十年代）のコーラは瓶入りで、自動販売機には栓抜きがついていた。栓抜きの下にボックスがあり、抜いた王冠がたまるようになっている。同じクラスの仲良し三人組でそれを集めて回った。十個集めて応募すると、景品としてコーラの瓶をかたどったキーホルダーがもらえたのだ。

ボックスは手が入らない構造になっていたが、勉強のできたトシエちゃんが、磁石を近づけて王冠をくっつけ、取り出す方法を思いついた。そんなわけで、三人組は景品のキーホルダーをいくつもランドセルにつけ、クラスのみんなをうらやましがらせて大得意だった。

自衛隊の中でそんなことをしていても、叱られたことは一度もない。小学生だからお目こぼしされていたのだろう。

非番の自衛官が遊んでくれることもあった。宿舎のロビーでマンガを読ませてくれたり、流行歌のレコードを見せてくれたり。ハモニカを吹いてくれた人もいる。ほとんどが若い自衛官だった。今思えば十代だったのかもしれない。

運動場のベンチに座り、木切れで地面に鉄腕アトムの絵を描いてくれた自衛官がいた。その横顔がとても真剣で、私は彼の絵を持ち帰りたくなった。紙持ってないの、と訊くと、少し迷って胸ポケットから四つ折りにしたわら半紙を出した。表には何かが印刷してある。

仕事で使う紙じゃないのかな。いいのかな。子供心に思ったが、絵が欲しかったので黙っていた。ランドセルに入っている自分のノートに描いてもらえばいいとは考えなかった。学校のノートは勉強にしか使ってはいけないと固く思い込んでいたのだ。

いろいろなポーズのアトムを描いてもらった紙を受け取り、帰り道でそっと裏返してみた。難しい漢字が並んでいて誰かのハンコが押してある。

やっぱり仕事の紙だったんだ。怖いような気持ちになり、家に帰ると引き出しの奥に仕舞ってそれきり見なかった。

今でも時々、若い自衛官が描いた、目の大きなアトムを思い出すことがある。彼はあの後、お咎《とが》めを受けたろうか。

子供の居場所

朝、ゴミ出しの準備をしながら、ＮＨＫの連続ドラマ「おひさま」を見るともなしに見ていたら、こんな台詞が耳に入ってきた。

「私、お店が好き。だってお店って、いつでも戸が開《あ》いてるから」

主人公・陽子の友人のユキという女性の言葉だ。

貧しかった子供のころ、近所の雑貨屋さんに行って、並んでいる品をいつまでも見ているのが好きだった。お店のおばさんは咎《とが》めずに、好きなだけ見ていきなさい、と言ってくれた——そんな思い出話をするシーンだった。

忘れていた光景がふとよみがえった。家の近所のマーケットの隅にあった小さな文房具屋さん。きれいなエプロンをかけたおばさんが、いつも店番をしていた。

小学校三、四年生のころ、鍵っ子だった私は、夕暮れどき、よくその店に行った。両親が共働きで、家に帰っても誰もいないことが多かった。それがさびしくて、人の気配を感じる場所にいたかったのだ。

公園や友達の家で遊んでいて、夕方、みんなが帰る時間になっても、ひとりの家に帰るのはいやだった。でも、日が落ちて暗くなりかけた住宅街で、子供が行ける場所は限られていた。

いまのような大型のスーパーマーケットはまだ少なかった時代で、マーケットといえば、大きな平屋の建物の中に、八百屋や魚屋、肉屋、菓子店など、いろいろな店が入っているのが普通だった。ドラマの台詞の通り、いつでも開いていて、自由に入ることができる場所であることに、ずいぶん救われたように思う。

花屋や手芸用品の店などもあったが、よく行っていたのがその文房具屋さんだった。事務用品が主ではなく、ファンシー文具というのだろうか、きれいなイラストのついた便箋や、カラフルなメモ帳、いい香りのする半透明の消しゴムなど、女の子の好きなものがたくさん並んでいた。レジの近くの棚には、パンダの貯金箱や、ふたを開けるとバレリーナの人形がくるくると踊るオルゴールなどもあった。

不思議なもので、長いこと思い出さなかったのに、きっかけができると、店の様子がつぎつぎに浮かんでくる。

大好きだったのが、当時人気のあった、みつはしちかこさんの抒情漫画「チッチとサリー」のイラストが入った便箋だった。イラストの横に短い詩が添えられているのだが、いまでもそれを暗記していることに自分で驚いてしまった。その便箋を買ったことは、たぶん一度もないはずだ。

スパイ手帳というのがあって、それにも胸をときめかせた。水に溶ける紙や、花の形のビニールのカバーがかかった小さな鏡などがついていた。これも買いはしなかったように思う。お小遣いはもらっていたが、ただ眺めるだけで満足だったのだ。

買った覚えがあるのは、イチゴの模様がプリントされたガラスのコップである。小学生にしては高価な買い物で、親友の誕生日に贈った。透明なガラスに模様がプリントしてあるというのは、当時としてはとてもお洒落で、本当は自分が欲しかったのを我慢して友だちにあげたので、印象に残っているのだと思う。

「おひさま」のユキが通っていた雑貨屋さんのおばさんと同じように、その文房具屋さんのおばさんも、長時間店にいても、イヤな顔一つしなかった。いつも見るだけだった私が、レジのおばさんのところにイチゴのコップをもっていくときの、誇らしいような恥ずかしいような気持ちを、これを書きながら久しぶりに思い出した。

余談になるが、私が大学を卒業して上京し、入社したのは、キャラクター商品のデザインや開発を行っている企業だった。
最初に配属されたのは社長室である。会社の歴史を知っておくように
と先輩に渡された社史を開いてみたら、初期のころの商品として、
イチゴ模様のコップが載っていた。間違いない、あのコップだ。
「私、これ小学生のときに買いました！」
うれしくなって社長に言うと、「そうですか。それはうちの会社の
最初のヒット商品ですよ」と教えてくれた。
その会社の女子社員は、東京の、いわゆるお嬢様大学を出ている人
が多く、私のような地方出身者はちょっと気後れしてしまう雰囲気が
あった。でも、このコップのおかげで、「私はこの会社ときっと縁が
あったんだ」と、少し元気が出たのを覚えている。

以前、TVレポーターの東海林のり子さんにインタビューしたことがある。ニッポン放送のアナウンサーからテレビに活躍の場を移し、結婚、出産後も仕事を辞めなかった東海林さんは、娘さんが幼かったころの話になると、「さびしい思いをさせてしまって……」と涙ぐんだ。

東海林さんは、私の母と同世代である。いまでは親が共働きの家庭はめずらしくなくなり、「鍵っ子」という言葉もほとんど死語になったが、私が育った時代はまだ、母親がフルタイムで働いている家は多くなかった。当時は学童保育も整備されておらず、母親たちは罪悪感のようなものを感じながら仕事をするしかなかったのだ。

小学校三年生のとき、国語の時間に書いた作文が、市が主催する「時の記念日」の作文コンクールに入賞した。題は「なくなったとけい」。朝起きると、なぜか家の時計がなくなっていて、家族はみんな、時間がわからなくて困ってしまうという内容だった。あちこちを探したら、二段ベッドの姉の布団の中から出てきた、というオチがついている。

いくら当時でも、家に時計が一つしかなかったというのは考えにくい。父は腕時計くらいもっていたはずだし、テレビをつければ時刻はわかる。実はこの作文、私の作り話だった。

時間または時計をテーマに書くよう先生から言われ、なかなか思いつかずに困った私は、適当に話をでっちあげた。それがなぜか入選してしまったのだ。小学生の作文にもかかわらず、オチがあるのがよかったのかもしれない。

表彰式で、賞状と一緒に入選作品を収録した文集を渡され、私は青くなった。家族が読んだら、嘘を書いたことがばれてしまう。両親には叱られるだろうし、姉には馬鹿にされるに違いないと思ったのだ。しかし、文集を読んだ家族はだれも「こんなこと、なかったじゃない」とか「嘘ばっかり書いて」などとは言わなかった。叱られなくてほっとしたが、どこか納得できない気持ちが残った。

いまも、なぜあのとき咎められなかったのか、よくわからない。どちらかというとゆるい感じの家族だったので、作文なんか別に本当のことを書かなくたってかまわないと思っていたのかもしれない。それはおくとして、いまになってあの作文のことで気づいたことがある。時計がベッドの中から出てきた、という話をなぜ私が思いついたか。当時の私は、友達をよく家に呼んで遊んでいた。でも夕方の四時を過ぎると、みんな帰ってしまう。それがさびしくて、友達に時間がわからないよう、しばしば二段ベッドの布団の中に時計を隠していたのだ。あの作文は嘘だったが、時計が布団に入っていた部分だけは本当だった。

いま思えばちょっと切ない話だが、子供なりに工夫をして、さびしさと折り合いをつけ、克服していったのだと思う。その過程で家とは違う居場所を探したり、ちょっとした嘘をつくテクニックを身につけたりしながら。

鍵っ子だった私は、確かにちょっとかわいそうな面もあったかもしれないけれど、そのぶん、少したくましくなった。結果的には、そんなに悪くなかったんじゃないか。あのとき東海林さんに、そう言ってあげればよかったと思う。

おてもやん──楳図かずおさんの山

雑誌に連載していたインタビューのシリーズが一冊にまとまった。地方出身の著名人十一人に、上京当時のエピソードを聞いた本だ。私自身が上京組ということもあり、どの話も興味深かったのだが、街を歩いているときなどにふと思い出すのが、漫画家の楳図《うめず》かずおさんがおっしゃった「人間は生まれる瞬間に、その場所の気配のようなものを吸収するんじゃないでしょうか」という言葉である。

椺図さんは和歌山県出身。天狗のいそうな山の中で生まれたそうだ。

「高野山のそのまた奥です。だから山の一部分が自分の中に入っている気がする。僕が東京に出て来たというのは、山の一部分が東京に出て来たということなのかもしれません」

人間を作るものは、遺伝とか家庭環境とかいろいろあるのだろうけれど、それを窮屈に感じてしまうことが時々ある。しょせん親の影響下から出られないのか、と思うとちょっとユウウツになるのだ。そのせいか、おぎゃあと生まれて最初に吸った空気の中にその場所の気配が含まれていて、それがその人の一部になっているという考えに心をひかれた。

向かい合って話を聞くうちに、椺図さんの頭の上あたりに深い山の景色が見えるような気がしてきた。そして思った。街を歩いている人たちの背後に、その人が生まれた場所の景色が見えたら面白いだろうな、と。

人間のオーラが見えるという人が時々いて、オーラの写真なるものを私も見たことがある。頭のまわりに光のようなものが写っていたが、あんなふうに、すべての人の頭のまわりに、生まれた場所の景色がぼーっと見えていたら、東京の街も楽しくなるのではないだろうか。

山だったり海だったり、工場街だったり下町の商店街だったり。雪景色もあるだろうし、南国の強い日射しもあるだろう。そんな、いろいろな場所の気配がミックスされて大都会ができあがっていると考えると、東京がもっと好きになれる気がする。

じゃあそんな場合、私の頭のまわりに見えるのは、どんな景色になるのだろうか。

私は熊本の出身だが、たまたま父がそこに赴任しているときに生まれ、五歳までしか暮らしていないので、縁の薄い土地だと思っていた。ところがここ数年、仕事で行く機会が増えてみると、肌が合うというか水が合うというか、リラックスできて元気になる。

けれども自分の一部になっている景色となると、あまりピンとこない。熊本市内で生まれたので、有名なのは熊本城、水前寺公園あたりだが、名所旧跡であればいいというものでもないだろう。

つらつら考えていたとき、頭の中で聞こえてきた音楽があった。熊本民謡の「おてもやん」である。数年前、熊本市内のイベントに呼ばれて話をする機会があった。プログラムの終わりに地元のブラスバンドの演奏があり、その最後の曲が「おてもやん」だったのだ。

参加者がみな立ち上がって踊り出し、私もその輪に加わった。普段はいい年をしてそんな場所で踊ったりしないのだが、心の底から楽しい気持ちが湧き上がってきて、自分でも驚くほど体が自然に動いた。「ああ私はやっぱり熊本の人間なのかも」とそのとき思ったのだった。

私が生まれたときに吸収したのは、ひたすら陽気で元気な「おてもやん」的エネルギーなのかもしれない。だとすると、私の頭の上にオーラのように見えるのは、山とか川とか街並みではなくて、丈の短い着物を着て赤いほっぺたをした田舎娘の姿になるのだろうか。

それもちょっとなあと思ったとき、あることを思い出した。若い頃、仕事で知り合った年上の女性に、着物の着付けを習ったことがある。最初は着やすいウールの着物で練習した。数人の友人と一緒に習っていたのだが、着終わって鏡を見ると、私だけが垢抜けない。たぶん骨太で首の短い体型のせいだろう。

「うわー、おてもやんみたい……」

がっかりしてそうつぶやいた。半分くらい冗談のつもりだったのだが、誰も笑ってくれず、指南役の女性などは、ちょっと目をそらすような感じである。本当におてもやんのようで反応に困ったのだろう。

そのショックのせいか、結局、着付けは身につかないまま終わった。

あのときは正直落ち込んだが、田舎娘の純朴で元気なパワーを熊本という土地から取り込んで、それがいまの私の一部になっているとしたら、悪くない気がしてきた。おてもやんにはちょっと空気を読めなさそうな感じがあるが、それもなかなか好ましいんじゃないか、などと思っている。

ごんぎつねと「ヘイ ジュード」

先日、友人たちと集まったとき、人生で初めて泣いた物語は何だったかという話になった。一人が「私は『泣いた赤鬼』だなあ」と言うと「あっ、それ私も泣いた！」「私も」と声が上がった。村の人と仲良くしたいのに怖がられて近寄ってもらえない赤鬼のために、友達の青鬼が悪役となって一芝居打つ話である。

青鬼はわざと村で大暴れする。それをやっつけた赤鬼は村人と仲良くなることができたが、それきり青鬼の姿が見えなくなる。赤鬼が家を訪ねていくと「自分と一緒にいるところを見られたら、君まで悪い鬼と思われるので、遠いところへ行って暮らします」という書き置きがあり、青鬼は二度と村に戻らなかった。

私もこの話には感動した覚えがある。自己犠牲なんていう言葉は知らなかったけれど、友達の幸せのために、ひとりぼっちで暮らすことを選んだ青鬼に胸を打たれた。

いま考えると、この話のすごいところは、青鬼がお芝居をして赤鬼と村人を結びつけるだけでなく、将来のことを見通して身を引いたことだろう。何もそこまでしなくても、とも思うが、念には念を入れて先手を打つ青鬼に、心配性で慎重な日本人らしさがあらわれている気がする。

集まった友人の中で『泣いた赤鬼』に感動したと言ったのはみな女性だった。では男性陣はどうなのか。

その場にいた男性二人が共通して「あれには泣いた」と言ったのは『鶴の恩返し』である。これも相手のために自分を犠牲にする話で、鶴の化身であるつうが、夫の与ひょうのために自分の羽を抜いて機《はた》を織る。

与ひょうは傷ついた鶴を助ける優しい青年だが、かなり情けないところがあり、仲間にそそのかされて、お金になる織物をつうにもっと織らせようとする。そんなダメ男に尽くすつうは、男の子の永遠の理想なのかもしれない。そういえばなんとなく母親的なイメージもある。

両方の話に共通しているのは、人間と人間でないものがともに暮らし、コミュニケーションできる世界であることだ。村に鬼が住んでいたり、鶴が人間のお嫁さんになったりしても、当時は別に変だと思わず、物語に入り込んでいた。

大人になってから、鬼は人種や文化を異にする存在の比喩だという説を聞いたが、子供のころはあくまでも鬼は鬼として読んでいた。その上で感情移入していたわけで、人間も鬼も動物も一緒くたになったような世界を生きていたのだろう。

私がいちばん泣いた物語は、小二のときに読んだ『ごんぎつね』である。

親のいないきつねのごんは、ある日、兵十という青年が川で捕ったウナギを逃がすいたずらをする。しばらくして兵十の母親が亡くなり、ごんは、あのときのウナギは兵十が病気の母親に食べさせようとしたものだったことを知る。反省し、毎日こっそり兵十の家に栗や松茸を届けるが、ある日、またいたずらをしにきたと誤解した兵十に火縄銃で撃たれてしまう。

最後に兵十が「ごん、お前だったのか。いつも栗をくれたのは」と言い、ごんがぐったりと目をつぶったままうなずく場面では大泣きした。ごんが兵十にいたずらをしたのは、ひとりぼっちで寂しくて、兵十と仲良くしたかったからだと子供心に理解していたと思う。

私が育ったのは札幌市の郊外である。背後には山林が広がっていて、家のそばまでキタキツネが出てくることがあった。夏、毛がまだらになったみすぼらしい様子で道路端にちょこんと座っている姿などを見ていたので、ごんのことも身近に思えたのかもしれない。

感動さめやらぬある日のこと、家のラジオでかかった英語の曲を聴いて、六つ違いの姉が言った。

「これ、あんたの好きなごんぎつねの歌だよ。兵十、って呼びかけてるでしょ」

ほんとうだ！　歌詞に何度も兵十の名前が出てくる。私は興奮した。

実はその歌は、ビートルズの名曲『ヘイ　ジュード』だった。まだビートルズが解散する前で、よくラジオでかかっていたのだ。ビートルズなど知るはずのない八歳の私は、ごんが「兵十、……」と呼びかけ、ウナギを逃がしたことを謝っている歌だと信じ、ラジオから流れてくるたびに『ごんぎつね』の感動をよみがえらせたのだった。

あれがごんぎつねとはまったく関係のない歌だと気づいたのは、いつごろだったたろうか。いまでもどこからか『ヘイ ジュード』が聞こえてくると、一瞬、栗をかかえたキツネの姿が浮かんできて、思わず苦笑してしまう。

風船スケーターの不条理

たまたまテレビをつけたら、フィギュアスケートの大会の様子が映っていた。若い女子選手が滑っている。アップになった一瞬、きりっとひっつめた髪の、わずかな後れ毛が風になびいているのが見えた。

ああ、あの感じ、覚えてる——急に懐かしさが込み上げた。室内リンクの空気は止まっているのに、滑り出したとたん、自分めがけて風が集まってくる感じがする。

私は小学生から中学生にかけて遊びで滑っていただけだが、見よう見まねでスピンやジャンプなどもやっていた。フィギュアスケートは、見た目よりもずっとスピードのあるスポーツである。氷を蹴って勢いよくリンクに滑り出していくたびに、向かい風の中に飛び込んでいくような気分になったものだった。

ときおり、滑っている途中で「製氷を行いますのでリンクから上がってください」というアナウンスが入った。大勢が滑って凹凸のできたリンクの表面を、氷上車がつるつるにしてくれる。札幌オリンピックのフィギュアスケート競技が行われたリンクだったので、そういうところは本格的だった。製氷直後のリンクは、氷がスケートの刃にぴたっと吸いついてくるようだった。まるで鏡のようなリンクを滑る快感には、一種官能的なものがあったように思う。

札幌オリンピックが開催されたのは一九七二年二月である。当時私は小学校四年生で、開会式とスケート競技が行われた競技場は、通っていた小学校の目と鼻の先にあった。

開会式が一か月後に迫ったある日、担任の先生が言った。

「オリンピックの開会式に、札幌市内の小学生が参加できることになりました。風船を持って滑り、最後に空に飛ばす大事な役割です。参加したい人は手を挙げてください。何にもつかまらず、転ばないで百メートル滑ることができるのが条件です」

迷った末に、私は手を挙げなかった。本当はすごく出たかったのだけれど、まだスケートを始めて間もない頃だった。一応、滑るには滑れたが、本番で転んだりしたら大変なことになると思ったのだ。手を挙げたのはクラスの三分の一ほどだった。

開会式までの約一か月間、風船スケーター（と当時は呼ばれた）になったクラスメイトたちは、週に二〜三回、二時間ほど授業を留守にした。式の練習のためである。スケート靴をかかえて教室を後にする子たちは皆、得意そうだった。正直言って羨ましかった。

開会式当日、私は家で一人テレビを見ていた。色とりどりの風船を持った大勢の小学生のスケーターが画面に登場する。何だか胸がどきどきした。と、次の瞬間、一人の子が派手に転ぶシーンが大写しになった。持っていた風船は手を離れ、みんなのよりも先に空に飛んでいってしまった。

そのシーンは、その後、テレビ開会式の模様が紹介されるたびに繰り返し放映された。ほほえましく、可愛《かわい》らしい映像として。子供たちが参加した開会式の演出は大成功で、世界中で評判になりました、とアナウンサーは言った。

私は裏切られたような気持ちになった。転んでも良かったんだ。転んだ子がほめられるんだ。そんなの話が違うじゃないか――。思えばあれが、世の不条理に初めて触れた経験だったように思う。

音楽教室

夕方の電車に、髪をお団子に結った十二、三歳の女の子が数人乗ってきた。全員ほっそりしていて姿勢がよく、首が長い。バレエをやっている子たちだな、とすぐにわかった。

彼女たちを見て、小さいときバレリーナに憧れたことを思い出した。私が小学校低学年の頃、習い事としてのバレエはまだポピュラーではなく、習っている子はほとんどいなかった。私たちがもっぱらやったのは「バレリーナごっこ」である。

トウシューズの本物は見たことがなかったが、足の甲を伸ばして立てるよう、つま先が硬くなっていることは知っていた。そこで活用したのがスリッパである。庭に敷いたゴザの上で、スリッパをはいてつま先立ちしながら、腕を上下に動かす。気分はすっかりバレリーナで、近所の子たちと「白鳥の湖」を踊った。

振り付けは適当で、曲は各自、鼻歌である。小学校一年のときだったが、家中のスリッパをはきつぶして親から叱られた。今の子供からするとずいぶん貧乏くさい遊びだろうが、当時はとても楽しかった。もし子供に戻れるなら、もう一回やってみたいほどだ。

バレエの次に憧れたのはピアノだった。こちらはクラスに一人か二人、習っている子がいた。私の家にはオルガンがあって、二人の姉が弾くのを聞いているうちに弾けるようになった。小学校の教室では、休み時間になると、オルガンのまわりに女子が集まって順番に弾いて遊んだ。二年生になる頃には私もけっこういろいろな曲が弾けるようになっていたが、なんといってもスターは、ピアノを習っている子たちだった。

彼女たちは放課後になると音楽室のピアノを弾きに行っていた。上《う》手《ま》い子は、学芸会の合唱の伴奏をすることもあった。私もピアノが弾けるようになりたかったが、当時ピアノは高級品で、しかもわが家は狭い団地である。買ってほしいとは言えなかった。

けれども子供の頃の私は今よりだいぶ前向きだったようで、ピアノがないのにピアノを習いに行くと言い出した。家ではオルガンで練習すればいいと思ったのだ。

いきなりピアノの先生につくのではなく、まずはオルガン教室に通ったらどうかと言ったのは中学生の姉だった。「オルガンなら習わなくても弾けるもん」と私が言うと「でも音符はわからないでしょ」と姉。たしかに見よう見まねで弾いていたから楽譜は読めなかった。ピアノを習うなら少しは楽譜が読めるほうがいい。そこで、当時流行っていた「ヤマハ音楽教室」に通うことになった。

近所の空き地に、週一回、マイクロバスがやってくる。バスの中にオルガンが六台設置されていて、六人の生徒が一人の先生に教わるのだ。一対一ではない分、月謝も安かったと思う。こちらが出かけて行かなくても、むこうから教室が来てくれるわけで、いま思えば画期的なシステムである。

きれいな女の先生が手取り足取り指導してくれて、楽譜の読み方の基本も教わった。みんなで合奏したり、歌を歌ったりもして、とても楽しかった思い出がある。

楽譜や練習帳などの教材は四角い缶の中に入っていて、ふたの裏に五線譜が印刷してある。そこに丸くて黒い小さな磁石を音符の代わりに置いて楽譜の勉強をした。缶だから磁石がくっつくのである。くっつけたり、はずしてまた動かしたりと、遊びながら音符の基礎を教わった。

半年か一年その教室に通った後、いよいよピアノを習いに行くことになった。自宅で教えている女の先生だった。ところが私は最初からつまずいた。オルガンとちがってピアノの鍵盤は重い。指の力が弱いため、家のオルガンでは上手に弾けても、教室ではちゃんとした音が出ないのである。

東京の音大を出たという先生は厳しくて、きれいな音が出せるまで曲は弾かせないと宣言し、一か月が過ぎてもバイエルの最初の曲も弾かせてもらえなかった。指先を鍵盤にべちゃっと押しつけて弾くクセを何度叱られたかわからない。正しい指導方法だったのだろうが、私はすっかりめげてしまい、音楽教室のやさしい先生が恋しかった。そしてついに、あんなに憧れていたピアノ教室をやめてしまったのである。

今さら音楽教室には戻れず、毎週、空き地に停まっているマイクロバスを寂しい気持ちで眺めた。人生初の挫折体験だが、あの音楽教室に通ったおかげで音楽が好きになったのは確かだ。

もう四十年以上も前の話である。マイクロバスの中でオルガンを習っている子供は、今もいるのだろうか。

本屋の棚の前で――あこがれの寺山修司

地方都市に住んでいた私にとって、それまで近所の本屋といえば、お爺さんが店番をしている小さな店だけだった。マンガ雑誌や学年誌は買えたけれど、新刊本はベストセラーのみで、文庫本の棚は小学生だった私が両腕を広げたくらいの幅しかなかった。

そこへある日、「SFマガジン」や「薔薇族」も買えるような、独立した詩集のコーナーがあるような、大きな書店ができた。本好きの私にとっては画期的な「事件」だった。小学校五年生のときである。両親が共働きで、家に帰ってもひとりぼっちだった私は、この書店に入り浸った。どこにどんな本が置いてあり、どの雑誌が何曜日に入荷するのか、すべて把握していた。本を買うのは月に一、二回で、普段は棚の背表紙を眺め、興味のあるタイトルのものを抜き出しては拾い読みした。

中学生になる頃、特に好きな棚ができた。新書館という出版社が出していた「フォア・レディース」というシリーズを揃えた棚である。正方形に近い判型で、表紙はすべて宇野亞喜良のイラストだった。著者は、安井かずみ、高橋睦郎、新川和江、落合恵子といった人たち。ほとんどが詩集で、たまにエッセイ集や短編小説集などもあったように思う。

　このシリーズの一冊を初めて手に取り、ページを繰ったときの新鮮な衝撃は今も忘れられない。左右のページをまたいで、宇野亞喜良の前衛的なイラストがある。活字は縦に組まれているのに、突然、横組みのページが出てくる。紙の色がピンクのページがある。初めて出会った、お洒落で大人っぽい本たちにドキドキした。

　中でも繰り返し立読みしたのは、寺山修司による「あなたの詩集」というシリーズだった。これは寺山が、全国から寄せられた詩の中から選んで詩集に編んだもので、全部で十数冊あったと思う。それぞれに『99粒のなみだ』『ひとりぼっちのあなたに』『半分愛して』などというタイトルがつけられていた。どの本に載っている詩も、自由で、新しくて、ロマンチックだった。寺山による選評やあとがきで、これらの詩の作者の多くが十代の少女たちだと知った私はびっくりした。そして、こんな詩を私も書いてみたいと思った。彼女たちの仲間に入りたかったのである。

だが結局、私が詩を書いて「あなたの詩集」シリーズに送ることはなかった。田舎の中学生と、あれらの洒落た本たちの間にはやはり距離があり、なにか臆するような気持ちがあったのだと思う。シリーズの本全部を隅から隅まで立ち読みした私だったが、結局、一冊も買わなかった。

中学生から高校生にかけての私は、表面は誰とでも上手くやっていたけれど、心の中では違和感を持て余していた。ずっとこの町で生きて、いま自分の周囲にいる大人のようになっていくのかと思うと、心の底からうんざりした。けれどもそれでいて、ドラマチックな人生を夢見る自分が、とんでもなく愚かで馬鹿な人間のように思えた。

そんな私にとって、あの棚は、自分が今いるこの世界ではない場所への回路のようなものだったと思う。地方在住の文学少女だった私は、ものを書くことが、自分が本当に知り合いたい未知の人々とつながる方法になり得ることを、あの棚の前で知ったのである。

買うことのなかった「あなたの詩集」の中の一冊と、思いがけず再会したのは、地元の大学を出て東京に就職した年のことだ。ある企業の社長室で秘書として働いていた私は、社長の蔵書の整理をしていて、なつかしい宇野亞喜良の表紙を見つけた。「あなたの詩集」シリーズの『さよならの城』である。しかも寺山修司のサインが入っている。その頃、すでに寺山は死去していたが、生前、社長と親交があったということだった。私は社長に頼んでその本をもらい受けた。

十年という時間を経て手に入ったその本は、実を言うと今、私のところにない。遊びに来た親戚の女の子にあげてしまったのだ。昔の私のような文学少女ではなく、イラストレーターを夢見る女子高生である。彼女は「こんなお洒落な本、初めて見た！」と目を輝かせた。あの本はやはり、少女の手許にこそあるべき本なのだ。

ブラキストン線と大地の組成

東京には、暗渠《あんきょ》の上に造られた遊歩道があちこちにある。私の住まいの近くにもそのような道があって、季節の花や樹木が植えられている。先日、久しぶりに歩いてみたら、萩はすっかり花を終えていたが、ホトトギスはまだ咲いていた。

ホトトギスは好きな花である。紫色の斑点のある花弁はあでやかだが、全体の姿は小ぶりで、山野草の素朴さがある。私の育った北海道では自生せず、初めてこの花を見たのは二十数年前の鎌倉だった。東京に就職した年の秋のことで、札幌の実家から遊びに来た姉と二人で訪れたのだった。

あれはどこの寺だったか、野趣のある庭にしつらえられた小道の脇に、この花が群れ咲いていた。前を歩いていた中年の女性グループの一人が「まあきれい。これ、なんていう花かしら」と言うと、姉が私の方を見て小さな声で「ホトトギス」と言った。住んでいる地域にない植物を姉が知っていたのは、長く生け花をやってきたからだ。「切り花の状態で内地から送られてきたものは何度も生けているけど、地面から生えているところは初めて見た」と言っていた。

日本人なら誰もが知っているような草花であっても、寒冷地の北海道では見られないものが数多くある。私自身、春先に土手などによく咲いているシャガの花も、秋になるとよい香りを漂わせるキンモクセイも、東京に来て初めて見た。住んでいたアパートの窓の外にビワの木があり、手が届きそうなところに実がなっているのに驚いたし、近所の家の塀からつややかな実をつけた柿の枝が張り出しているのを見て感動した。どちらも北海道では見られない木である。

北海道で育った私だが、生まれたのは九州の熊本である。熊本時代、父は菊作りに凝っていたそうだ。見事に咲いた菊の鉢を玄関前にずらりと並べて撮った写真がいまも残っている。北海道に転勤が決まったとき、父は丹精して育てた菊をすべて手放した。寒い北海道では育たないと聞いてのことだった。実際に暮らしてみて、北海道でも菊は咲くことがわかり悔しい思いをしたというが、やはり内地と北海道では、植生はずいぶん違っている。

「ブラキストン線」なるものが津軽海峡にあることを習ったのは、小学校高学年のころだった。ブラキストンという学者が提唱した動植物の分布の境界線で、この線の北と南では生物相がことなるという。それから四十年近くたったいまも、この線のことをときおり思い出す。

たとえば久しぶりに帰省して、家の近所を歩いているようなとき、足もとの地面の感じが、いま暮らしている東京とは違うような気がする。気のせいだと言われそうだが、植生が違うというのは、単に気温だけの問題ではなく、土そのものが違うということではあるまいか。

北海道と本州では、大地の組成がことなっているように思う。内地で四半世紀を暮らした後であらためて北海道の土を踏んでみると、実感としてその違いがわかるような気がして、小学校のとき先生が黒板に地図を描き、津軽海峡のまん中あたりに赤いチョークで東西に引いた線が思い出されるのである。

北海道以外の国内で、ここは地面の感じが違うと思ったのは、奄美である。足の裏の感覚がそれほど鋭いはずはないので、植物の生え方や風の感じ、海の色などからそんな気がしたのかもしれないが、最近地元の人に聞いたところによると、九州と奄美群島の間にある七島灘《しちとうなだ》とよばれる海域にある島々が分布境界になっている動植物が多いという。

七島灘のあたりはいつも風が強く、波も高い。飛行機で上空を通るときも、必ずといっていいほど機体が揺れるところである。

奄美は好きな土地で、もう何度も旅している。今月も訪れる予定だが、苦手な飛行機に長時間乗らなければならないのが唯一の難点だ。揺れるのが怖いため、いままで鬼門だった七島灘だが、通るのがちょっと楽しみになってきた。飛行機の窓から、先生が黒板に赤いチョークで描いたような線が見えるわけではないのだが。

初出目録

＊のタイトルは改題しています。

少女たちの「ひろしま」　『本の旅人』　2009年11月号　角川書店

ひめゆりの硯《すずり》　『日本経済新聞』「プロムナード」　2007年3月22日夕刊　日本経済新聞社

＊宮城さんと西銘さん　『信濃毎日新聞』「旅の空から」6　2010年9月11日　信濃毎日新聞社

手紙の力　『月刊ベターホーム』「小さいシアワセ」第十回　2012年1月号　ベターホーム協会

＊六十年分の慟哭《どうこく》　『中國新聞』ほか「8月の随想」　2006年8月4日

中國新聞社（共同通信社配信）

遺された歌に思う　『短歌研究』２００７年８月号

妻の願い　『月刊ベターホーム』「小さいシアワセ」第十八回　２０１２年９月号　ベターホーム協会

＊崖の上の女たち　『信濃毎日新聞』「旅の空から」12　２０１１年３月12日　信濃毎日新聞社

※文章内掲載『崖』『石垣りん詩集　表札など』童話屋　２０００年

＊土にしみこんだ血　『熊本日日新聞』ほか「想　戦時の記録から」２００７年８月14日　熊本日日新聞社

背負い真綿　『信濃毎日新聞』「旅の空から」１　２０１０年４月10日　信濃毎日新聞社

＊「小石、小石」　『月刊ベターホーム』「小さいシアワセ」第二十三回　２０１３年２月号　ベターホーム協会

初出目録

＊うちの閣下　『本の時間』２００６年9月号　毎日新聞社

＊森崎和江さんへの手紙──『森崎和江コレクション　精神史の旅3　海峡』によせて　２００９年1月　藤原書店

骨を洗う　『新潮』２００５年12月号　新潮社

ヌンミュラ、ウシキャク、浦巡り　『すばる』２０１７年9月号

東京タワー　『月刊ベターホーム』「小さいシアワセ」第一回　２０１１年4月号　ベターホーム協会

小さな訪問者　『月刊ベターホーム』「小さなシアワセ」第十七回２０１２年8月号　ベターホーム協会

春の別れ　『月刊ベターホーム』「小さなシアワセ」第二回　２０１１年5月号　ベターホーム協会

東京都コマエ市　『日本経済新聞』「プロムナード」２００７年4月5日夕刊　日本経済新聞社

桜桃と社長　『日本経済新聞』「プロムナード」2007年4月20日夕刊　日本経済新聞社

会社を辞めた日　『日本経済新聞』「プロムナード」2007年3月29日夕刊　日本経済新聞社

創業社長　『日本経済新聞』「プロムナード」2007年4月12日夕刊　日本経済新聞社

死への恐れ　『日本経済新聞』2008年1月18日夕刊　日本経済新聞社

黒いスーツ　『月刊ベターホーム』「小さいシアワセ」第五回　2011年8月号　ベターホーム協会

食神《しょくじん》　『月刊ベターホーム』「小さいシアワセ」第十二回　2012年3月号　ベターホーム協会

ミニチュアの虹　『日本経済新聞』「プロムナード」2007年6月21

初出目録

日夕刊　日本経済新聞社

わが武勇伝　『月刊ベターホーム』「小さいシアワセ」第六回　２０１１年９月号　ベターホーム協会

美人はトク？　『月刊ベターホーム』「小さいシアワセ」第八回　２０１１年11月号　ベターホーム協会

ラジオデイズ　『月刊ベターホーム』「小さいシアワセ」第三回　２０１１年６月号　ベターホーム協会

思い出す人　『月刊ベターホーム』「小さいシアワセ」第十一回　２０１２年２月号　ベターホーム協会

忘れられない二匹の猫　『月刊ベターホーム』「小さいシアワセ」第十四回　２０１２年５月号　ベターホーム協会

黒岩比佐子さんの遺作『パンとペン』　『文藝家協会ニュース』２０１０年12月号　日本文藝家協

会

児玉清さんのこと　『月刊ベターホーム』「小さいシアワセ」第四回
２０１１年7月号　ベターホーム協会

＊地図が好き　『日本経済新聞』「プロムナード」２００７年5月31日
夕刊　日本経済新聞社

老父と娘の旅　『日本経済新聞』「プロムナード」２００７年6月7日
夕刊　日本経済新聞社

＊猫を抱いた父　『日本経済新聞』「プロムナード」２００７年6月14日
夕刊　日本経済新聞社

ふたごの絆　『月刊ベターホーム』「小さいシアワセ」第九回　２０１１
年12月号　ベターホーム協会

いちばん古い記憶　『日本経済新聞』「プロムナード」２００７年4月
19日　夕刊　日本経済新聞社

初出目録

＊ももはなえんぴつ　『信濃毎日新聞』「旅の空から」10　２０１１年１月８日　信濃毎日新聞社

父とスキーと靴の紐《ひも》　『日本経済新聞』「プロムナード」　２００７年１月11日　夕刊　日本経済新聞社

自衛隊のアトム　『東京人』　２００７年2月号　都市出版

＊子供の居場所　『月刊ベターホーム』「小さいシアワセ」第七回　２０１１年10月号　ベターホーム協会

おてもやん　『月刊ベターホーム』「小さいシアワセ」第十五回　２０１２年6月号　ベターホーム協会

ごんぎつねと「ヘイ　ジュード」　『月刊ベターホーム』「小さいシアワセ」第十三回　２０１２年4月号　ベターホーム協会

風船スケーターの不条理　『日本経済新聞』「プロムナード」　２００７

年2月8日　夕刊　日本経済新聞社

音楽教室　『月刊ベターホーム』「小さいシアワセ」第十九回　2012年10月号　ベターホーム協会

＊本屋の棚の前で　『本の旅人』　2007年3月号　角川書店

＊ブラキストン線と大地の組成　『信濃毎日新聞』「旅の空から」8　2011年11月13日　信濃毎日新聞社

解説　史実への着眼点

中島京子

梯さんとは、何度かお会いしている。

たいていは、小説家の楊逸《ヤンイー》さんがいっしょで、親しい編集者さんもともに、気楽にご飯を食べることになる。旅の思い出から家族の状況、世界情勢から資産運用の方法まで、マシンガントークを繰り広げて笑いの渦に巻き込むのは楊逸さんで、それらに絶妙のタイミングで相槌もしくは茶々を入れ、最後におっとりと、

「よくそんなにいろいろやるよねえ。わたし、仕事がなかったら、絶対何にもしない。服もいいかげんだし化粧もしない。うちから一歩も出ないで、テレビ、ぼーっと見てる」

と、おっしゃるのが梯さんである。

「わたしもしなーい。テレビも見なーい」

横で便乗的な意見を表明するのが、もっとも口数の少ないわたし自身だが、わたしと梯さんでは「何にもしない」理由が大違いである。

梯さんの「仕事」は、史実を求めて列島を駆け回り（ときにはもちろん外国にも足をのばし）、読むのを得意とする地図を頼りに、誰かの証言や遺品、書簡、人の生きた証を求めて、どこへでも訪ねていくことだ。そして集めた膨大な資料を丹念に丹念に読み込み、それを筆に起こす。

そういう積極的なアクションが必要な「仕事」を持っている彼女が、仕事以外では外に出る気にならないのは、これは人としてありうべきバランスを取っているということなのであって、単に怠惰で半径二キロくらいの現実とともに生きているわたしとは、えらい違いなのである。

ノンフィクションを書く作家は、対象となる人なり史実なりを、まともに抱き止めざるを得ない。我々の同世代（梯さんはわたしより少しお姉さんなのだけれど、わたし自身も、イチゴの柄のコップに憧れた経験を持ち、札幌オリンピックを記憶している仲間なので、同世代とひとくくりにして間違いはないと思う）で、梯さんほど太平洋戦争に真摯に向き合った人は、まずいないだろう。史実というのは、それがどんなに小さな逸話でも、扱おうとするとその重さに驚く。凡人はその重さにひるむのだが、重さは重さとして真正面から受け止めて、史実の中に確かに流れた感情の動き、空気の気配、生きた人の血潮とその温もりのようなものを、ご自身の胸で蘇生させるようにして書く、その梯さんの史実の扱い方に、いつも瞠目させられる。

本書冒頭に置かれたエッセイは、副題に「戦争を書く」とあるが、ここでは、梯さんが史実と向き合うときの、ノンフィクション作家の心模様の一端を垣間見ることができる。栗林中将（もう、今日からわたしたちも「閣下」と呼ぶべきではあるが）が妻に書き送った「台所のすきま風」への心配に、作家・梯久美子は惹きつけられる。その着眼点の柔らかさが、梯さんらしいなあと思う。

梯さんは、お会いしてみると、とても気さくで飾り気のない、そしてユーモアセンス抜群の楽しい人である。初対面の人と、さっさと打ち解けてしまうのは、これは職業的な訓練の賜物なのか、天性のものなのか。台湾旅行で次から次へと食べ物をもらってしまう話があるが、これも梯さんならではの話だなあと思う。情景が目に浮かぶのである。「誰かにものを食べさせるとき、人はどうしてあんなにやさしい顔になるのだろう」とあるが、それは梯さんがほんとうにうれしそうな顔をするからに決まっている。あの、両方の目を三日月形にして。この人、これ食べさせたら喜ぶだろうなあと思わせる顔を、梯さんがしているに決まっている。この人に、この話をしたら喜ぶだろうなあ、聞きたがっているんだろうなあ、あの人のことが好きなんだなあ、あ、そうそう、うちに古い書きつけがあったな。あれも見せちゃおうかな。だって、この人、喜ぶだろうからなあ――。

梯さんの守護神である「食神」は、あちこちで梯さんに食べ物をもたらすとともに、大切な大切な人の生きた証である資料を彼女にもたらすところの、あの笑顔を授けたに違いないとわたしは思っている。

梯さんは、熱い人でもある。膨大な資料へ向かっていくあの情熱、粘り腰、エネルギー、なんといったらいいのだろう。火の国・熊本生まれの血がなせるものか、はたまた北海道の大地が培ったのか。そうしたものがあることはつとに感じていたが、朝九時の銀座線渋谷駅で、紫スーツの大男の胸ぐらつかんで「卑怯者!」と怒鳴りつけ、一歩もひかなかった話には驚いた。心底、驚いたけど、いや、梯さんなら。梯さんだから。やるかも。やるだろう。やっただろう。

その一方で、鍵っ子の、作文の上手な、遊びに来た友だちを帰らせたくなくて時計を隠してしまう人懐っこい少女も、現在の梯さんの心の奥に、まだいるような気がしてきた。

このエッセイ集を読みながら、わたしは何度も梯さんを思い浮かべ、うるうるしたり、笑ったりした。ノンフィクション作品で作家・梯久美子に出会った読者が、本書で彼女個人の魅力に触れることができるのは、また新たな楽しみになることだろう。

本書は、株式会社筑摩書房のご厚意により、ちくま文庫『好きになった人』を底本としました。但し、頁数の都合により、上巻・下巻の二分冊といたしました。

梯 久美子（かけはし・くみこ）

1961年熊本県生まれ。北海道大学文学部卒業後、東京の企業に就職。２年後に編集プロダクションを起業。2001年よりフリーライターになり、雑誌『ＡＥＲＡ』等に執筆。『散るぞ悲しき——硫黄島総指揮官・栗林忠道』（2005年）で、大宅壮一ノンフィクション賞受賞。『狂うひと——「死の棘」の妻・島尾ミホ』（2016年）で読売文学賞、芸術選奨文部科学大臣賞、講談社ノンフィクション賞受賞。

好きになった人　下

（大活字本シリーズ）

2022年5月20日発行（限定部数700部）

底　本　ちくま文庫『好きになった人』

定　価　（本体2,900円＋税）

著　者　梯　久美子

発行者　並木　則康

発行所　社会福祉法人　埼玉福祉会

埼玉県新座市堀ノ内3—7—31　〒352—0023

電話　048—481—2181

振替　00160—3—24404

印刷製本所　社会福祉法人　埼玉福祉会　印刷事業部

ISBN 978-4-86596-517-9